Dieu porte-t-il des lunettes noires ?

DU MÊME AUTEUR

La Sirène rouge, Gallimard, « Folio policier »
Les Racines du mal, Gallimard, « Folio policier »
Babylon Babies, Gallimard, « Folio SF »
Le Théâtre des opérations, Journal métaphysique et polémique, 1999, Gallimard, « Folio »
Le Théâtre des opérations, Laboratoire de catastrophe générale, 2000-2001, Gallimard, « Folio »
Périphériques, Flammarion
Villa vortex, Gallimard, « La Noire »

Maurice G. Dantec

Dieu porte-t-il des lunettes noires ?

et autres nouvelles

Librio

Texte intégral

Ces nouvelles sont extraites du recueil *Périphériques*, paru aux éditions Flammarion en mars 2003.

DIEU PORTE-T-IL DES LUNETTES NOIRES ?

Tétanisé, Frank Borland regardait l'arme, un impressionnant automatique noir et luisant qui trônait au centre de la table. Le gros Ruger à quinze coups était chargé, une balle de 9 mm magnum engagée dans le canon. Prêt à l'emploi. Le flingue fonctionnerait parfaitement, il le savait de tout son être.

Il était hypnotisé par l'arme. Oh, pas de cette ancienne et instinctive fascination humaine pour les engins de destruction particulièrement réussis. Non, cette fois-ci, il y avait quelque chose de plus. Et ça aussi il ne le savait que trop. Quelque chose qui transformait cette arme redoutable en une clé de l'univers, une clé qui ouvrait des portes sur le passé, le présent et l'avenir. Une chose d'une puissance telle que ce foutu assemblage mortel de métal et de plastique allait peut-être pouvoir se transfigurer en une sorte d'épée de Justice, une lame divine qui transformerait d'un coup toute l'histoire des hommes.

Et cette chose, Borland ne pouvait non plus en détacher son regard. Posée à quelques centimètres de l'arme, elle se combinait presque à sa texture, sous l'éclairage blafard de la lourde lampe Art déco, qui jetait sa flaque jaune sur la petite table de verre.

Cette simple paire de lunettes.

Très jolies lunettes d'ailleurs, pensait-il en détaillant les solides montures d'acier et de carbone noir, les verres opaques aux reflets violets et cette protubérance bizarre reliée aux extrémités des branches par un câble rigide, aux scintillances cristallines. Ce petit tubercule de métal gris se retrouvait ainsi plaqué en plein sur la nuque, maintenu à la monture par le câble de fibre optique.

Les lunettes et l'arme formaient un double désormais inséparable, une seule et même entité, et il savait que cela n'était pas une vue de l'esprit, une association visuelle, une impression artistique.

Non, avec ce flingue et cette paire de lunettes il allait tout simplement changer l'histoire du monde, et un gouffre énorme s'ouvrit à nouveau en lui. Un abîme insondable, interstellaire, aux dimensions terrifiantes.

C'était sûr, désormais. Il avait fait son choix. Rien ne pourrait plus entraver cette formidable accélération du destin.

Dans moins de temps qu'il n'en fallait pour finir cette cigarette, il empoignerait l'arme et placerait la paire de lunettes sur ses yeux. Il ferait presque aussitôt un bond dans l'espace-temps, de cent deux années en arrière, jusqu'en 1890, à la frontière austro-allemande, à Braunau-sur-Inn pour être exact.

Oui, bon sang, ce soir, dans une poignée de minutes, il se pencherait au-dessus du berceau, l'arme solidement en main, apparaissant pour une volée de secondes fatidiques dans cette petite chambre où le nourrisson d'un an à peine mouillait ses couches et son bavoir, dans les replis maternels du sommeil.

Et il appuierait sur la détente. Frank Borland frémit.

Il n'y avait décidément aucun doute. Il le ferait.

Oui, là, maintenant, dans quelques respirations, il tuerait Adolf Hitler.

Tout avait commencé ce matin. Ce midi pour être vraiment précis. Bref, peu après son réveil.

Il était sorti de la salle de bains et avait entendu ce bruit en provenance du salon.

C'était un bruit vraiment inhabituel, comme le souffle du vent dans des tuyaux de verre. Ça hululait dans les graves, telle une mélopée aborigène, mais il était tout à fait certain de ne pas avoir allumé la radio ni d'avoir placé le CD de chants australiens dans la platine.

Il allait se diriger vers la chambre lorsqu'il avait entendu le bruit.

Il fit demi-tour, prit le couloir dans l'autre direction, ouvrit la porte du salon et se retrouva face au Voyageur.

Le Voyageur flottait en plein milieu de la pièce.

Cela avait l'apparence d'un homme mais sans aucune consistance réelle ; c'était un simple écho, une réfraction diaphane et fantomatique, aux teintes légèrement vertes, aux traits flous, mais où Frank décelait comme un sourire, ainsi que l'ombre d'un regard.

L'ectoplasme semblait se cristalliser lentement, cocon spectral qui se vissait dans l'air, à deux bons mètres audessus du sol.

Les traits et l'ensemble de la structure, quoique continuellement mouvants, arrivaient à créer comme une sorte de « moyenne » : l'image d'un type vaguement jeune en costume de ville.

« Ceci n'est qu'une image-interface, prononça alors distinctement la chose. Un processus qui vous permet de me visualiser, de me positionner dans votre champ de perception, heu... Bon. Ok, ok, je vais me présenter et vous expliquer de quoi il retourne... »

Éberlué, Frank n'avait pas bougé d'un centimètre depuis l'instant où il avait mis le pied sur les lattes vitrifiées du salon. Il contemplait la structure invraisemblable qui tournoyait doucement sous les pales du ventilateur, et n'était pas vraiment surpris qu'elle se soit mise à parler.

« Je suis un Voyageur TransQuantique... Je ne suis pas certain qu'une explication détaillée vous soit compréhensible, il vous manque des concepts clés, pour l'instant.

Heu... je suis chargé de m'interfacer avec vous et de vous faire participer au Jeu. »

Frank ne comprenait strictement rien à ce que disait la créature. Et il était encore sous le choc de la révélation. Ça y était, il était en train de produire des hallucinations de forte amplitude, des créatures spectrales qui apparaissaient dans le salon et lui parlaient d'un Jeu... Un Jeu Cosmique, sans aucun doute.

Et Frank se surprit à sourire en s'imaginant à la télévision, en direct dans un talk-show nocturne, s'efforçant de convaincre l'animateur et les millions d'auditeurs qu'il était en contact avec une race extraterrestre et qu'il participait à un Kriegsspiel aux dimensions de la galaxie. Comme ce type de la semaine dernière, qui prétendait avoir été enlevé par une soucoupe volante, ou l'autre, du mois dernier, qui parlait d'un mystérieux complot des Atlantes, dont les promoteurs les plus efficaces étaient Walt Disney, les Islandais – descendants des Hyperboréens – et le Pape Jean-Paul II...

« Il s'agit bien d'un Jeu, reprit la créature, mais pour le reste, ce n'est pas du tout ça... Écoutez... Mon "interfaçage" est limité dans le temps, si je puis dire... »

La chose émit comme un petit rire étouffé.

Puis, enchaînant aussitôt : « Heu... oui, oui, d'accord, allons au fait : voilà, vous avez gagné à la Grande Loterie TransQuantique. Je suis chargé de vous transmettre votre prix. »

Frank, presque résigné, observait la créature dont la structure se dessinait plus nettement.

Il entendit un craquement : une grosse interférence électrique, puis vit les yeux de la créature devenir vitreux, alors que ses lèvres se mettaient à trembler à toute vitesse, comme si elle débitait un long monologue.

Le Voyageur émit une fumerolle de lumière rose par la bouche. Puis ses yeux redevinrent nets et perçants. Il dévisageait Frank avec une acuité nouvelle.

« Ok, ok, bon, ne vous inquiétez pas, on est en train de me “régler”, là-bas ; la télétransmission de personnalité n'est quand même pas aussi simple que le maniement d'un flipper... »

Frank regardait la créature descendre lentement vers le plancher, se posant en douceur sur le chêne doré.

Elle devenait plus matérielle, plus concrète à chaque seconde.

« Voilà, ça y est, je crois que nous sommes bien synchronisés maintenant. J'ai une vague sensation de corps biologique... Bon, monsieur Borland, je crois que nous devrions avoir une petite discussion tous les deux... »

Éberlué, Frank vit le jeune homme au sourire commercial s'avancer vers lui, dans un drapé de lumière.

« Je ne suis pas réel, pas au sens où vous l'entendez. Je ne suis pas non plus une simulation, je suis basé sur des principes physiques que vous ne pouvez encore comprendre. Disons que je suis une projection “psychique” de l'entité vivante que je représente... Tout ce que je vous demande, c'est qu'on s'installe à votre table et que vous me laissiez le temps de vous expliquer de quoi il retourne... »

Frank hocha lentement la tête et montra une grande chaise noire, sur le côté de la table.

Que pouvait-il faire d'autre ? se disait-il.

Le Voyageur dériva vers la grande plaque de verre et prit place sur la chaise. Frank observa un instant le représentant de commerce « transquantique » puis laissa tomber : « Bon, j'imagine qu'il est inutile de vous demander ce que vous buvez ? »

Trois minutes plus tard environ, Frank était revenu avec un verre de vodka russe à l'herbe de bison, de quoi lui remettre les neurones en place.

La chose était encore là, évidemment, rayonnant d'une lumière interne indéfinissable. Frank était allé se poster devant la grande baie vitrée qui surplombait la vallée. Puis il s'était retourné vers le Voyageur et l'avait vu se perdre dans une contemplation tout intérieure. Littéralement hallucinant.

« Et maintenant quoi ? avait lancé Frank. Vous allez m'annoncer que je suis la réincarnation d'un ancien dieu égyptien et que je dois aller combattre une race maléfique à l'autre bout de la galaxie ? »

Le Voyageur ne cilla pas. « Non. Pas ça. Mais... vous allez pouvoir voyager dans le temps. Aller à une période précise de l'histoire humaine. Jusqu'à trois millions d'années en arrière... Il ne faut pas exagérer, ce n'est qu'un Jeu. Qui n'implique que l'humanité. »

Frank sentit un sourire arquer ses lèvres irrépressiblement.

Bien sûr, pensait-il, ce n'est qu'un jeu, quand on le fait pour de bon, on peut remonter à la naissance du soleil, voire de l'univers... Et il avala une rasade de vodka glacée.

« Non, quand même pas, émit la créature en goûtant visiblement la surprise que ces mots provoquaient sur Frank, qui comprenait tout d'un coup que le Voyageur lisait dans ses pensées. Enfin, *pas* celle de l'univers... »

Oui, se surprit à penser Frank, pas celle de l'univers, tout de même.

« Écoutez, reprit le Voyageur, je n'ai pas le droit de vous divulguer des informations stratégiques mais... attendez, je vais m'assurer que je peux vous communiquer certaines données... »

Les yeux de la créature se voilèrent à nouveau d'un film vitreux, ses lèvres articulèrent des mots à toute vitesse, tout bas, dans une langue dont Frank ne comprit pas un traître mot.

Elle communique, pensait-il. Elle communique avec quelqu'un, quelque part, ailleurs...

La créature était déjà « revenue ».

« Voilà, si vous connaissez les rudiments de la physique quantique, et cela devrait vous être accessible, à la fin du

XXe siècle, vous pourrez peut-être comprendre cela : par mon intermédiaire, quelques objets vont pouvoir s'interfacer avec votre champ espace-temps. Vous allez admettre que je viens de votre propre futur et qu'avec une technologie adaptée nous pouvons transmettre des informations et de l'énergie au-delà de vos limites normatives habituelles, celles qui structurent vos notions actuelles d'espace-temps. »

Ok, pensa Frank, un Voyageur du futur. Pourquoi pas, après tout. Il préférait ça à des mygales géantes qui seraient venues ramper sur le mur de la chambre ou à des asticots qui l'auraient dévoré vivant, de l'intérieur.

« Écoutez, Frank Borland, CECI N'EST PAS LE PRODUIT DE VOTRE CERVEAU. » La voix avait claqué sèchement et Frank en sursauta presque.

« Enfin, pas complètement et pas au sens où vous l'entendez. Je ne suis pas une hallucination, martela la créature. Je n'ai malheureusement pas le pouvoir de m'interfacer physiquement, disons de manière "complète", avec votre univers, je ne peux que transmettre... mais... vous allez voir. »

C'est à cet instant que le bruit retentit à nouveau. Le bruit de bouteilles dans lesquelles on souffle.

Et Frank vit très nettement deux objets apparaître sur la table, dans un halo bleuté.

« Vous ne pouvez me toucher, disons que vous ne ressentiriez qu'un frémissement magnétique, un picotement d'électricité statique et une vague impression de chaleur. Mais ces deux trucs-là, dans quelques instants, quand la lumière bleue aura disparu, vous pourrez les prendre dans vos mains. Ce sera du concret. Et, justement, vous allez avoir l'occasion de vous en servir. »

Fasciné, Frank Borland observa le pistolet et la paire de lunettes se matérialiser lentement sur la table de verre.

« Vous avez gagné le droit de participer à l'Épreuve. L'Épreuve va vous permettre de... disons, vous "transporter" pendant quelques minutes objectives en un lieu précis de la planète, à un instant précis, de votre choix.

» C'est le rôle du processeur neuroquantique, la paire de lunettes avec le bulbe. Vous ne pourrez aller que dans le passé, l'histoire humaine : trois millions d'années maximum et pas au-delà de la surface terrestre... »

Ok, pensait Frank très distinctement à l'attention de la créature – il voulait qu'elle comprenne qu'il pouvait parfaitement s'adapter à cette « situation » –, les lunettes « transquantiques » vont me permettre de voyager dans « l'espace-temps ». Mais alors, dites-moi quel est le rôle du gros machin noir et dangereux qui les accompagne ?

Il avala doucement une gorgée de vodka. Ça ne se passait pas trop mal, cette rencontre du « cinquième » type. Il doutait maintenant qu'il s'agisse à proprement parler d'une hallucination. Réel, mais pas au sens où vous l'entendez, avait dit le Voyageur. Cela signifiait qu'*ils* manipulaient certainement à distance quelques fonctions précises de son cerveau pour qu'il puisse percevoir le Voyageur, quelque chose comme...

« Oui, c'est quelque chose comme ça, coupa la créature.

— Bien, pensa Frank, et à propos du gros machin noir ?

— Eh bien, c'est ça le prix. Vous avez la possibilité de l'emporter avec vous. Ce n'est pas un jouet. Nous nous le sommes procuré dans un magasin d'Austin, Texas. Il est parfaitement opérationnel. »

Frank regardait fixement le Voyageur, attendant la suite avec un sourire dur. Allez-y, pensait-il froidement, crachez le morceau.

« Vous n'avez qu'une douzaine d'heures devant vous. Dans douze heures, vers une heure du matin, les objets ne pourront plus rester ici, ou ailleurs, avec vous. Bon, vous avez donc jusqu'à une heure cette nuit pour réaliser l'opération... Vous pourrez vous stabiliser pendant deux ou trois minutes, pas plus. À l'instant de votre choix. Et le processeur neuroquantique est doté d'un biogiciel expert qui vous assistera efficacement... Bon. Vous pourrez vous matérialiser où vous le voudrez, quand vous le voudrez. Et avec le pistolet, vous pourrez abattre la personne que vous désirez... »

Un silence lunaire tomba sur la pièce.

Le Voyageur émit un petit toussotement, comme s'il raclait un chat profondément lové au fond de sa gorge, puis : « La règle du Jeu impose que vous devez considérer cette personne comme la plus monstrueuse abomination que l'histoire humaine ait engendrée. C'est une sécurité... le bulbe neuroquantique se chargera de détecter si vous êtes sincère ou non... »

Un Boeing aurait pu s'abattre devant la maison, Frank n'aurait pas détaché ses yeux du Voyageur.

Carrément, pensait Frank. Je vais avoir le droit de changer radicalement l'histoire des hommes, je vais pouvoir transformer le cours de l'humanité selon...

« Attendez, attendez... » Il fut surpris d'entendre sa propre voix résonner dans l'espace calme du grand salon. « Attendez une seconde... Juste une question : pourquoi moi ?

— Écoutez, répondit le Voyageur, je ne fais que mon boulot, il y a un certain nombre de données que je ne suis pas en mesure de... Je n'en sais strictement rien. Et ce type d'informations ne m'est pas accessible. Je ne suis qu'un messager du Jeu, je vous informe et vous remets votre prix. »

Puis après un silence : « Vous avez tout à fait le droit de décliner l'offre. »

Bon sang, se disait Frank, j'aimerais bien connaître les statistiques de ceux qui refusent et de ceux qui acceptent...

Et surtout, pensait-il malgré lui, il aurait bien voulu savoir si cette expérience s'était déjà produite dans le passé. Si des « hommes » venus du futur grâce à une technologie qui se servait des cerveaux comme « points de passage » avaient déjà changé le cours de l'histoire humaine...

Seigneur, il ne pouvait empêcher ce frémissement d'ordre religieux, créant quoi ? Autant d'univers parallèles ? À moins que...

« Dites-moi, articula Frank très distinctement, il y a une chose que je comprends mal. Si vous disposez de cette technologie, pourquoi les gens de votre époque ne s'amusent-ils pas eux-mêmes avec tous ces petits joujoux ?

— Je vous ai déjà dit que je ne connaissais pas la réponse à cette question. Vous avez gagné ce prix. C'est le Jeu. C'est tout. »

La voix du Voyageur était devenue plus coupante.

Il émit un soupir, presque agacé. « Il me reste peu de temps. J'ai besoin de savoir si vous acceptez avant de vous donner d'autres informations, d'ordre pratique.

— C'est ça, hein, pensait Frank avec une sorte de férocité tout intérieure. Vous me laissez quoi comme temps de réflexion ? Cinq minutes environ ? »

Le regard du Voyageur lui disait que tel était le cas en effet, à peu de chose près.

Un quart d'heure plus tard environ, le Voyageur s'était levé et était retourné au centre du salon, sous les pales du ventilateur. Sa structure commença à se transformer, redevenant plus floue, plus translucide, et Frank le vit doucement s'élever dans l'air, en tournoyant légèrement.

« Vous vous souviendrez de tout ? émit-il dans un sifflement cristallin. N'oubliez pas, documentez-vous un peu avant de partir... Le processeur saura faire le reste...

— Oui, pensait Frank dans une sorte d'élan bizarre et indicible, ne vous inquiétez pas, tout ira bien. »

Le bruit étrange du début refit son apparition, mais comme passé à l'envers, comme si le vent, cette fois, était *aspiré* au travers d'une batterie d'orgues de verre.

Puis le Voyageur s'était lentement délité, ne laissant que quelques résidus d'étincelles vacillantes et autres fumerolles aux reflets aquatiques, qui finirent par se dissoudre, tel un sucre stratosphérique.

Frank resta assez longtemps debout sous les pales du ventilateur, fixe et hébété, n'attendant rien de précis, sinon, peut-être, que la planète entière n'explose sous ses pieds, dans l'ultime cataclysme, tant attendu.

Puis il retourna s'asseoir à la table de verre, devant l'arme et la paire de lunettes.

Il avait accepté le prix, bien sûr. Maintenant, il fallait juste qu'il choisisse sa cible.

Le truc le plus difficile à comprendre, c'était les quelques explications techniques que Frank était arrivé à arracher à la créature, après avoir clairement signifié qu'il acceptait le défi.

Celle-ci lui avait explicité la chose suivante : lorsqu'il aurait placé les lunettes sur ses yeux, le bulbe collé à la nuque, il lui suffirait d'effleurer une petite protubérance, placée au centre des montures, sur le nez, pour activer le bulbe. Il y aurait une minute préalable de mise en route. Le bulbe analyserait les données relatives à l'assassinat, qui, quand, où, comment, puis on passerait à la phase un. Pendant cette phase primaire, un décalage entre le temps objectif et son temps subjectif allait se produire, s'amplifiant régulièrement. Il verrait passer les heures comme de simples minutes, de simples secondes, de plus en plus vite. À un moment donné, avait dit le Voyageur, on entrait dans un tunnel sensoriel. Une méga-hallucination, liée à des activités neurochimiques extrêmement intenses. Vous passiez à travers la lumière, votre cerveau devenant une machine neuroquantique capable, avait-il dit, de se servir des paradoxes temporels comme d'une « énergie » pour des voyages « transquantiques », dans l'espace-temps. Il avait appelé ça la Neuro-chrono-dynamique et avait tout de suite clairement affirmé qu'il ne se livrerait à aucune autre explication détaillée, secret stratégique oblige.

Mais il avait eu la possibilité de lui expliquer que le passage par le tunnel créerait une dislocation de son « espace-temps interne » et que les deux minutes qu'il passerait, disons sous la Rome antique, à assassiner le monstre, correspondraient à un peu plus de vingt-quatre heures dans son univers à lui. C'était proportionnel à la « distance » qui le séparerait de l'époque. Plus on allait loin, plus le décalage augmentait. Un simple calcul prouvait qu'il pouvait aller jusqu'à plusieurs années. D'autre part, les deux minutes objectives de sa « matérialisation » provisoire dans le passé lui apparaîtraient beaucoup plus longues, sur le moment, mais ne subsisteraient que sous la forme d'un flash de quelques secondes dans ses souvenirs, au retour.

C'est comme ça que le cerveau, « dopé » par le bulbe neuroquantique, fonctionnait pour voyager dans le temps.

À un moment donné, acculé, le Voyageur avait avoué : « Oui, vos lunettes sont plus puissantes que la technologie qui me fait me déplacer. Avec vos lunettes, une simulation électromagnétique de votre corps biologique pourra manipuler des objets, sur place, et tous les objets en contact direct avec votre corps, donc avec vos nerfs, donc votre système nerveux central, "partiront" avec vous, à l'aller comme au retour. »

Il avait regardé le gros automatique noir, et Frank avait compris.

Et là, maintenant, après la disparition de la créature, l'arme et les lunettes n'attendaient plus qu'il veuille bien s'en saisir...

Frank se détourna un instant des deux objets trônant côte à côte sur la surface de verre. Il alla mettre le nez à la grande baie vitrée qui donnait sur la vallée et décida qu'il ne servait à rien de tenter d'élucider le « mystère » scientifique qui avait pu présider à cette invraisemblable apparition, et qui devait être du même ordre que celle qui allait l'envoyer par-dessus les frontières de l'univers et du temps.

Il passa le restant de l'après-midi à méditer sur toutes les victimes possibles qui emplissaient les manuels d'histoire.

L'abomination ultime ?

Voyons voir, nous avons le choix...

Vers cinq heures, il lui restait une quinzaine de prétendants en lice. Il alla dans sa chambre, s'empara de plusieurs encyclopédies, ainsi que de diverses historiographies, et il retourna dans le salon pour opérer plus précisément la suite de sa sélection.

Une méthode de tri s'était rapidement imposée, et l'avait conduit à ne conserver que ce qu'il nommait des « individus centro-historiques ». Des catalyseurs, des faiseurs d'événements qui avaient enfanté eux-mêmes leurs disciples, propagateurs du mal tout autant que simples contempteurs.

Par exemple, entre un Eichmann, un Mengele et un Hitler, il choisit le dernier parce que sans lui, vraisemblablement, les autres n'auraient pu exister, ou plus exactement, auraient vécu sans pouvoir se livrer à leurs exactions abominables.

Il attaqua donc ce noyau de mal hautement concentré.

Il élimina successivement Caligula, Néron, Dioclétien et Torquemada, s'attarda plus longuement sur Gengis Khan et Assurbanipal – il hésita assez longtemps devant les récits d'asphalte brûlant répandu sur le visage des prisonniers dans le cas de l'Assyrien et sur ceux des dizaines de milliers de têtes coupées que le Mongol faisait entasser en pyramides à l'entrée des villes dont il venait de se rendre maître et qu'il avait pillées de fond en comble.

Cortés et le général Custer résistèrent assez longtemps, et vers huit heures et demie, il fit une pause, s'accordant un petit répit, pizza surgelée avalée dans le silence de la cuisine, l'œil vitreux, sa main agissant aussi mécaniquement qu'une pelleteuse de chantier, enfournant régulièrement l'une après l'autre les bouchées de la Neptunio au vague goût de fruits de mer. Toutes les trois bouchées, il avalait une petite rasade de bière chinoise.

Le repas dura sept minutes exactement. L'énorme horloge métallique qui ornait le mur de la cuisine, au-dessus du frigo, le lui indiqua avec son exactitude coutumière. Il disposa la vaisselle dans la cuvette de l'évier de gauche, remplit un bain de rinçage dans le bac de droite et fit couler de l'eau chaude sur les couverts sales, en les aspergeant d'un jet de liquide-citron.

Il observa le tapis de bulles se former, gonflant en une épaisse mousse spongieuse et parfumée au-dessus des assiettes.

Il arrêta le robinet, écouta un instant le minuscule opéra de la mousse, quand elle chante de toutes ses bulles savonneuses.

Puis il retourna directement dans le grand salon, sans avoir lavé la moindre petite cuillère.

Il fallait passer à la suite de la sélection.

En l'occurrence à ce bon vieux Iossif Djougachvili, plus connu sous le nom de Joseph Staline, Petit Père des Peuples.

Le combat allait être rude pour ce cher XXe siècle. De brillants compétiteurs s'y affrontaient.

Entre le gros Géorgien paranoïaque et le nabot mégalomane de Braunau-sur-Inn, par exemple, la lutte serait sans doute serrée.

Si on y ajoutait le Cambodgien Cannibale – le Roi Khmer Rouge qui dévora son peuple et faillit anéantir sa propre nation –, deux ou trois escadrons de la mort sud-américains – Pinochet, Videla, Duvalier, son choix s'était fixé sur eux pour cette partie du monde –, plus quelques perles africaines, balkaniques et moyen-orientales, il se rendit vite compte que l'on se trouvait là en face d'un véritable Guiness des Records de l'Inhumanité.

Frank Borland se fit un café et continua méthodiquement sa sélection diabolique.

Vers dix heures trente, il se leva et alla se poster devant la grande baie vitrée.

Le dôme du ciel était d'un noir pur, palpable, vibrant, moucheté de la fresque pointilliste des milliers d'astres de cette fin juillet.

Il ouvrit grand la baie.

Il faisait encore chaud, l'air était tiède.

Il avança sur la terrasse et leva pleinement la tête vers le zénith.

L'atmosphère entière vibrait d'un chant cosmique, rythmes primitifs des insectes bourdonnants, cigales et grillons en concerto d'un vert végétal, l'air chaud comme le souffle d'une femme, mêlé à la caresse soyeuse des cheveux et aux tourbillons de parfums qui exaltent le désir.

Il se saoula de ce vertige sensitif pendant un bon quart d'heure.

Puis il s'assit au pied du rail sur lequel on faisait coulisser la paroi vitrée et alluma une cigarette, qu'il grilla consciencieusement, le regard perdu dans la voûte étoilée.

Vers onze heures, il retourna s'asseoir à la grande table de verre.

Bon, d'accord, se disait-il en se carrant dans son gros fauteuil de cuir passablement élimé, mais toujours aussi sûrement confortable.

Visiblement, on semble s'orienter vers un choix imparable...

Et c'est ainsi qu'un peu après minuit, après avoir mûrement pesé son choix, évalué toutes les possibilités et finalement conçu un plan d'attaque – tuer le monstre au berceau, en pleine nuit, en apparaissant dans la chambre vers une heure du matin, disons, le 31 juillet 1890 –, Frank tendit lentement le bras vers la massive réalité du Ruger automatique, afin d'apprécier l'arme.

Elle semblait faite pour sa main, fut la surprenante révélation qui l'emplit quand la poignée se blottit au creux de sa paume. Poids et équilibre idéaux.

La sensation de puissance était telle qu'elle le fit presque vaciller comme un verre d'alcool ultra-fort, mescal au goût d'acier.

Il entreprit de vérifier le mécanisme de l'arme et goûta avec respect aux bruits secs et nets qu'elle émettait à chaque opération. Installation et éjection du chargeur. Actionnement de la culasse. Claquements métalliques, dangereux et si bizarrement protecteurs.

Il tendit le bras gauche vers les lunettes, dans un mouvement dont il ne pouvait détacher le regard.

Il les installa sur l'arête du nez, dans un geste qu'il voulut le plus anodin possible, le moins ostentatoire, mais sans pouvoir éviter une certaine solennité, tout entier transi d'une forme d'émotion presque sacrée, qu'il ne connaissait pas.

Il sentit le bulbe épouser le creux de sa nuque, comme s'il avait été manufacturé au millimètre près.

Le pistolet dépassait de son poing droit, tendu vers l'extrémité de la table, comme un dard noir et dur voulant piquer un endroit bien précis de l'espace.

Il prit une bonne inspiration, fit le vide en lui du mieux qu'il put, puis effleura le centre de la monture de sa main restée libre.

Il s'efforça de garder un calme relatif pendant les soixante secondes de la « mise en route » préalable. Dieu, ou quoi que ce soit d'autre, devait très certainement être en train de l'observer...

Puis il sentit le bulbe métallique commencer à s'activer.

Le Tunnel est fait d'un or plus léger que l'air
Et chaque mouvement y engendre un soleil
Ici vit le grand serpent ailé et
Son souffle est sensible
sur nos chairs
parées de peintures d'os,
d'étoiles et d'ailes de corbeaux...

Tout autour de lui, le tunnel de lumière grondait comme un œsophage miraculeux, un anaconda de lumière qu'il traversait de l'intérieur, à une vitesse astronomique.

Il le savait de tout son être, il venait de pénétrer dans un formidable filament qui plongeait au cœur de l'espace et du temps.

Il s'aperçut à cet instant que son corps subissait une transformation aussi radicale que la table de verre, le salon, la maison et finalement tout l'univers extérieur, quand il s'était vu foncer vers un point précis de l'espace à quelques mètres au-dessus du sol, pas très loin des pales du ventilateur, à l'endroit où le Voyageur s'était « interfacé ». Juste après avoir vécu la formidable accélération temporelle dont lui avait parlé la créature. Et juste avant d'entrer dans ce tunnel de lumière où toute sa conscience avait été brutalement et profondément altérée.

Oui, son corps n'était plus qu'un fourmillement vibratoire.

Jamais il ne s'était senti aussi bien, pensait-il en fusant comme un rayon dans le boyau ardent. Il ressentait une impression d'intense... perfection, oui, c'était cela.

Il entendait comme des chants, venant de partout à la fois, une symphonie de flûtes, de hautbois et de violons vivants ponctués d'une rythmique de tambours sioux, ou kiowas.

Et les mots venaient s'enrouler autour des lignes sonores, comme un psaume oublié, retrouvé par une très puissante archéologie à laquelle son cerveau semblait se livrer.

La perfection devint harmonie totale lorsqu'il se retrouva en plein milieu d'une nuée lumineuse, si colossale en vérité qu'il lui semblait pour la première fois pouvoir appréhender les dimensions réelles du cosmos.

Ce savoir se distillait en lui comme s'il venait du plus profond de sa mémoire, comme une antique connaissance perdue. Et il sentit comme un sourire l'éclairer de l'intérieur. Son corps n'était plus qu'une danse d'étincelles.

Vers la lumière primitive, pensait-il en s'enfonçant sans cesse plus avant au cœur de la nébuleuse ardente, vers le feu originel qui a tout créé et au-delà duquel nous nous retrouvons tous, sans doute, à la fin de nos existences.

Il comprenait, littéralement ravi par l'émotion, qu'il était en train d'explorer les frontières de la vie et de la mort, effectuant ici un « voyage » similaire à ceux qu'entreprenaient les comateux, dans les cercles cliniques du dernier sommeil. Et qui désormais, progrès de la médecine aidant, revenaient pour en parler.

Ils atteignaient rarement la lumière, eux, se dit Frank avec une sorte de joie bizarrement féroce, dans la plénitude zen qui était désormais la sienne.

Car lui, avec les lunettes, il disposait d'une technologie plus vieille et plus accomplie encore. Une technologie qui allait lui permettre de traverser la lumière, de crever pour de bon la dernière membrane de la réalité et de

Nuée ardente

Sa conscience s'étoila

bouillon de quarks mémoriels

fusion de l'inconscient et du conscient

billions de bulles privées

copies de sa personnalité

Puis s'anéantit

disparut.

Coupure intemporelle, d'une microseconde, ou de l'âge de l'univers.

Lorsqu'il reprit conscience, il était dans l'obscurité.

Il appréhenda d'un seul coup la globalité de la situation.

Les murs traçant le cube obscur de la chambre.

La faible lumière tombant des astres par la fenêtre, éclairant le berceau.

Le berceau où il discerne la petite silhouette, le visage à la peau laiteuse dépassant du linge blanc.

Le tube noir de l'automatique créait une ombre dure sur le lin de la couche, rugueux et blafard.

Frank avança dans l'obscurité.

Il ressentait une étrange sensation de corps biologique.

Très différente des souvenirs qu'il semblait conserver de sa vie d'avant... d'avant le Tunnel.

Une sensation beaucoup plus intense, amplifiée prodigieusement, marée d'équinoxe sensorielle, qui lui permettait, entre autres choses, d'épouser le rythme gracile du bébé.

Il comprenait, interloqué, que ce que lui avait dit le Voyageur se révélait exact.

Il percevait le décalage temporel entre sa conscience et l'univers objectif de la chambre.

Ici, chaque seconde s'écoulait pour lui comme une demi-minute environ.

Son cerveau avait, du même coup, la faculté de tout analyser en profondeur.

Et l'univers tout entier ne fut plus que cette tache laiteuse, dont il discernait la respiration ralentie, via le mouvement organique du linge et le bruit cotonneux du souffle projeté entre les lèvres.

Frank leva doucement l'arme. Il était à moins d'un mètre du berceau.

Le tube noir vint coïncider avec la flaque laiteuse de la couche. Le petit viseur se fixa sur l'endroit même où le drap se soulevait régulièrement, sous la poussée de la petite poitrine.

Il plaçait le pouce sur le chien, dans un geste instinctif, lorsqu'il perçut un changement au plus profond de lui-même.

Il était venu ici pour tuer le monstre le plus abouti que l'humanité ait certainement produit, en tout cas à sa connaissance. Il avait bondi d'un siècle en arrière et il était là, l'arme pointée vers celui qui bientôt déjà ne nourrirait plus que volonté de destruction, rêves de haine et de puissance. Celui qui avait entraîné l'humanité dans la pire guerre ayant jamais dévasté la surface de la terre, pourtant accoutumée depuis des millénaires aux effroyables chaos de l'*Homo sapiens*.

Et voilà, pensait Frank, alors que je suis bien là, nom de Dieu, avec ce putain de flingue braqué sur Lui, voilà que surgit l'imprévisible.

Oui... imprévisible et irrépressible.

L'empathie.

La compassion. La pitié.

L'élan le plus naturel pour ceux, justement, qui n'ont pas tout fait pour l'extirper à jamais de leur âme.

Le visage du nourrisson, endormi dans les replis du sommeil, n'était pas celui de la brutale créature qui allait ordonner l'anéantissement de plusieurs millions d'êtres humains.

C'était un simple visage de bébé. Une petite figure pâle sous la lumière de la lune, avec un mince sourire autour du pouce lové entre les dents.

Un duvet blond dépassait du bonnet de laine qui coiffait sa tête, dont Frank pouvait deviner la douceur, et cette mollesse particulière, à la fontanelle.

Bon sang, faillit rugir Frank, un pouvoir divin vient de m'être donné et voilà que ma main tremble, au moment critique.

Et merde, pensa-t-il avec un désespoir au goût de rouille, je n'ai quand même pas fait tout ça pour rien...

Il exerça un violent effort sur lui-même et sentit son index épouser plus fortement la courbe de la détente.

Il détournerait les yeux. Il ne verrait pas l'impact effroyable de la balle de 9 mm magnum sur la poitrine du bébé...

Oui, il suffisait de ne pas y penser, d'y aller, là, dans l'instant, et de toucher la monture des lunettes à peine le coup parti pour ne pas rester une seconde de plus ici et...

Frank crispa le doigt sur la détente.

Son doigt resta néanmoins bloqué, alors que la gâchette n'avait bougé que d'une fraction de millimètre.

Une force arrêtait l'ordre qu'il intimait à sa phalange. Un raz de marée émotionnel qu'il ne pouvait endiguer, une voix interne qui inhibait sa volonté consciente.

L'image du bébé dont le cœur explosait au moment de l'impact, repeignant le berceau et les murs d'un sang vermeil, se cristallisa en lui, comme une gemme de douleur.

Au même instant, il perçut un changement dans la pièce. Oui, ça ne pouvait faire aucun doute.

Quelque chose était en train d'apparaître à la tête du berceau. Une silhouette. Avec des lunettes sombres.

Frank reconnut instantanément son propre visage.

L'autre Frank croisa ses coudes sur le sommet du petit lit et jeta un coup d'œil sur le bébé endormi. Puis il releva les yeux vers le Frank original qui, hébété, ne pouvait détacher les yeux de son double.

Frank 2 arqua un sourire presque cruel.

« Je vois qu'on flanche au moment crucial, articula-t-il doucement.

— Qui es-tu ? lâcha Frank. Tu ne fais pas partie de l'Expérience. Pas d'après ce que m'a dit le Voyageur.

— Le Voyageur ! »

Frank 2 eut comme un petit rire, assez dédaigneux.

Il se releva du berceau et tourna la tête en direction de la fenêtre.

La lumière de la lune vint jouer dramatiquement avec les méplats que Frank connaissait par cœur.

Puis il fixa de nouveau le Frank original, droit au plus profond de la prunelle.

Son sourire ne l'avait pas quitté.

« Qu'est-ce que ce pauvre représentant de commerce cosmique connaît de l'Expérience, hein, d'après toi ? »

Frank ne sut quoi répondre.

C'était sûr, quelque chose se produisait, quelque chose qui n'était pas prévu au programme...

« Bien sûr, laissa tomber froidement le double, c'est très exactement ça, l'Expérience. C'est ça qui est intéressant, ce qui n'était pas prévu, le désordre... »

Puis, après un vague coup d'œil à l'arme que Frank tenait toujours dirigée vers la couche : « Bon, tu te décides ? »

Frank murmura, l'air penaud : « Je ne peux pas, quelque chose m'en empêche... »

Frank 2 eut comme un léger haussement d'épaules. « Mmmh, oui, je vois. C'est même sans doute ce qui a provoqué ma... création. Oui, ça semble coller. »

Il semblait tout entier absorbé par un film intérieur.

Il fit de nouveau face à Frank et lui montra le bébé du doigt.

« D'une certaine manière, ce "dédoublement" était inévitable. Nous allons devoir trancher ce nœud gordien... »

Une sorte d'éclat avait brillé dans son regard au moment du mot « trancher ». Une étincelle que Frank perçut très nettement derrière les verres fumés.

Frank se sentait mal à l'aise. Il ne comprenait pas ce qui se passait. La situation lui échappait. Ce qui signifiait que la « créature » Frank 2 était elle aussi d'une puissance redoutable.

BIEN SÛR... PUISQU'IL EST UNE ÉMANATION DE TOI-MÊME.

La voix s'était matérialisée en lui comme un nuage de sensations subtiles. Il comprit que c'était la force qui l'empêchait de tuer l'enfant qui lui parlait, à l'intérieur. Et que cette force qui l'habitait était la clé même de l'Expérience, mais il n'aurait su dire pourquoi.

« Alors, ça y est, Elle te parle ? C'est ça, Frank, ta bonne petite conscience te parle, le Match a déjà commencé ? »

Frank vit le sourire cruel de Frank 2 prendre possession de son visage, comme un puissant sémaphore intérieur, illuminant ses traits et son regard, lueurs orange derrière le noir vitré des lunettes.

« Voyons voir si ta compassion résiste à cela... »

Frank 2 porta la main à la branche de ses lunettes.

Bruits lourds dans le noir, odeurs d'urine et de mort, souffles rauques, gémissements, pleurs d'enfants, martèlement régulier des rails sous les pieds, chaleur étouffante, suffocante. Interloqué, Frank se vit comme une structure vaguement rayonnante dans le wagon de l'enfer.

Partout autour de lui, des dizaines d'hommes, de femmes et d'enfants entassés dans l'obscurité, l'œil hagard.

À ses côtés, toujours souriant, Frank 2 observait le tableau en connaisseur.

« Qu'est-ce que tu en penses, Frank ? Nous sommes dans un des derniers trains partis de Drancy à destination d'Auschwitz, le 25 mars 1944. »

Le double se retourna vers Frank.

Son sourire avait presque disparu. Ne subsistait qu'une ombre vaguement sarcastique, froide et désabusée.

« Aucun des enfants présents dans ce train ne reviendra vivant de cet enfer. Les trois quarts des adultes non plus, d'ailleurs. »

Frank observa la scène autour de lui, vit les corps entassés les uns sur les autres, dans leurs propres excréments. Toutes ces femmes, tous ces hommes, ces vieillards, ces enfants...

« Ça t'intéresserait, Frank, le nombre exact de trains analogues à celui-là, rien que pour le camp d'Auschwitz-Maïdanek ? »

Frank 2 rayonnait d'une assurance tranquille.

Frank soupira, exténué par la vision insoutenable.

Il entendit un enfant vomir et l'odeur déclencha une réaction en chaîne autour de lui.

Il partageait tout de cette expérience, tout en sachant parfaitement ne pas être visible aux yeux de cette humanité souillée et terrifiée.

Il se retourna vers son double, resté imperturbable.

« Je n'en peux plus, je me tire... »

Frank 2 ne dit rien, il le fixait calmement, un mince sourire énigmatique arquant la commissure de ses lèvres.

Frank porta la main à ses lunettes et se retrouva en train de planer au-dessus d'une lande désolée. Il sentait le vent froid comme une membrane tendue tout autour de lui.

La lande était curieusement boursouflée sur toute son étendue par de nombreux tumulus de taille variable.

Il sentit une présence à ses côtés et vit un grand oiseau noir, aux plumes luisantes. L'éclat orange de ses yeux ne faisait aucun doute.

Frank comprit avec un trouble immense qu'ils étaient tous deux à l'intérieur de gros corbeaux survolant la plaine où les premières neiges apparaissaient en plaques cristallines. L'horizon était barré de baraquements gris et des hautes silhouettes menaçantes des miradors. Les barbelés et les piquets recourbés formaient un quadrillage dru sur le ciel plombé.

Seigneur, pensa Frank, je ne peux m'échapper de ce cauchemar...

Au loin, d'imposants bunkers gris et des bâtiments d'où s'échappe la fumée à l'odeur âcre, empestant toute l'atmosphère.

Partout, des hommes travaillent sous l'œil attentif de quelques S.S. et des nombreux kapos qui font régner l'ordre à coups de trique.

Leur seul travail semble être d'enterrer ou de pousser des charrettes remplies de cadavres. Impressionnante fourmilière industrielle tout entière dédiée à sa destruction, esclavagisme ultime qui consiste à obliger les hommes à creuser leurs propres tombes et, en quelque sorte, à s'exécuter eux-mêmes, chaque matin, à l'appel, lors de la sélection, en commettant l'erreur d'être malade, blessé, ou d'avoir des cheveux gris, une diarrhée insoutenable ou quoi que ce soit d'autre qui attire l'œil des examinateurs, professionnels et scrupuleux.

Les corps sortant des chambres à gaz sont ensuite vérifiés par d'autres déportés, chargés d'ôter les dents en or, puis acheminés vers les fours crématoires, où d'autres sont chargés de nourrir les monstres aux gueules ardentes de ces corps décharnés, dont le seul linceul, provisoire, est leur uniforme rayé, maculé de déjections.

Usine abominable.

Frank percevait toute l'infernale logique du camp.

Ici, rien ne pouvait vous sauver. Les plus faibles disparaissaient en quelques semaines, voire quelques jours, et Frank se dit qu'il serait sans doute devenu fou dans cet univers mortifère. Qu'il serait peut-être devenu un des ces « musulmans » qui se laissaient dépérir afin d'en finir au plus vite, à moins qu'il ne se soit précipité sur les barbelés électrifiés, se crucifiant sur le voltage et l'acier en souhaitant qu'un gardien ait le réflexe de l'abattre...

Frank se rendit compte qu'ils allaient se poser, à un coin du camp.

Des hommes en uniformes rayés creusaient de vastes fosses tandis que d'autres y déversaient des tombereaux de corps.

Des escadrilles de corbeaux se croisaient autour des fosses et des tas de cadavres.

Il n'avait pas du tout envie de vivre ça, de s'enfoncer au fond des trous et de côtoyer un instant la fin abominable de ces milliers d'hommes empilés dans la terre boueuse. Pas en les picorant, en se nourrissant de leurs entrailles ou de leurs yeux vitreux, fixes, au fond de leurs orbites noires.

Mais il n'avait pas de lunettes, il n'était qu'un simple oiseau et...

Il se retrouva en train de flotter vers le sol, ailleurs, dans un autre lieu du camp. Il était dans l'enveloppe vaguement humaine et rayonnante de la séquence du train. À ses côtés, Frank 2 posait les pieds sur la terre brune.

Un vent glacé et coupant soufflait entre les baraquements, sur l'allée rectiligne de terre battue parsemée de flaques de neige.

« Je t'ai évité ça, Frank, résonna la voix de son double. Mais sache que je pourrais tout autant te projeter à l'intérieur d'une de ces consciences humaines... Momentanément. »

Puis faisant un geste du menton en direction de gros bunkers gris à quelques blocks de là : « Nous sommes à côté des fours crématoires, ça te dirait une petite visite, Frank ? »

Frank regardait son double avec un sentiment nouveau, par son intensité.

Il finit par laisser tomber : « Qui a dit que la haine avait le goût du miel ? »

Frank 2 partit d'un bref éclat de rire. « Ha, ha. Tu découvres enfin la vérité. Oui, Frank, un goût de miel tu le sentiras quand tu appuieras sur la détente, crois-moi. »

Attiré par un bruit lourd et régulier, vibration, martèlement obsédant, Frank tourna la tête. Du coin d'un block voisin, il vit surgir une longue colonne de déportés, au pas de course, nus sous les chemises rayées, les pieds ensanglantés dans leurs galoches de bois. À leurs côtés, des hommes en uniformes noirs couraient aussi, cravache à la main, en hurlant des ordres gutturaux. Certains rigolaient franchement en abattant leur matraque sur les crânes et les membres décharnés.

« Petite illustration en direct. Nous sommes à Treblinka, le 7 décembre 1943 d'après mes informations... »

Puis il montra du doigt un soldat en uniforme noir en train de frapper rageusement de sa batte de bois un homme tombé à terre, qui tentait de se protéger de la pluie de coups en se recroquevillant du mieux qu'il pouvait.

« Ah, oui, j'avais oublié de te présenter le Sturmbannführer Otto Kreidel... »

Frank, tétanisé, regardait la scène. L'homme fut obligé de se mettre à genoux, à demi conscient, saoulé de coups, le visage tuméfié et ensanglanté.

Le S.S. lui intima ensuite l'ordre de danser, comme un canard, et quelques S.S. qui passaient par là se joignirent au rire gras du lieutenant.

Puis, lassé ou désireux d'entreprendre aussitôt une nouvelle besogne, plus intéressante, le sous-officier refit mettre l'homme à genoux et dégaina lentement son arme de son étui. Il visa soigneusement entre les deux yeux, en savourant la terreur brute qui se lisait sur le visage émacié. La victime, un homme sans âge et sans identité, comme tous les autres, ne pouvait détacher son regard du museau noir du Luger.

Et Frank ne pouvait détacher ses yeux de la scène, le souffle coupé.

Puis le S.S. fit feu, une fois. Le déporté bascula en arrière, s'effondrant dans un bruit spongieux sur une traînée de neige et Otto Kreidel rangea son pistolet, soigneusement, avant d'ordonner à un kapo de faire en sorte qu'on déblaye au plus vite cette merde, comme son geste l'indiquait clairement. Il tourna le dos au cadavre et, comme s'il ne s'était rien passé, rejoignit à bonnes foulées le reste de la colonne. Il disparut au coin d'un block.

« Alors, Frank ? Dis-moi, dans quelle direction ton sentiment de compassion va-t-il t'entraîner ? Vers ce pauvre petit ange, là-bas dans la chambre ? Ou vers ces millions d'êtres humains, comme celui-ci ? »

Frank 2 montrait le cadavre qui en rejoignait d'autres, sur la charrette à bras tirée par une poignée d'hommes. Un kapo hurla un ordre bref et la charrette repartit, en faisant s'agiter quelques bras sans vie entre les roues, à l'arrière, en de sinistres gestes d'adieu.

« Frank ? »

Le double le fixait à nouveau, attendant patiemment sa réponse. Frank déglutit péniblement.

« Ok, lâcha-t-il d'une voix blanche, ramène-moi dans la chambre. »

Et voilà, il était de retour dans la chambrette où le sort du XXe siècle et des âges futurs était en train de se jouer.

Il était de nouveau au pied du berceau, le flingue au bout du poing, tendu vers le bébé inconscient. La flaque de lune n'avait pas bougé de position et, il l'aurait parié, le voyage à Treblinka ne l'avait pas décalé de plus de quelques secondes par rapport à l'« univers » de la chambre d'Adolf Hitler. Au pire une minute. À la tête de la couche, Frank 2 apparaissait à son tour, son sourire de Monna Lisa cyberpunk éternellement gravé au coin des lèvres.

« Ok, pensa Frank, et maintenant ?

— Et maintenant ? envoya Frank 2 entre ses dents. Je crois rêver. Tu ne te souviens pas ? Tu dois juste appuyer sur cette putain de détente, Frank... »

Et Frank observa l'ombre du pistolet que la lune venait dessiner sur le drap blanc. Le bébé monstre était toujours ensablé dans les dunes du sommeil mais, cette fois-ci, l'image attendrissante se superposait au souvenir qu'il gardait de son voyage express au cœur de l'enfer.

Résigné, il stabilisa l'arme et crispa son index sur la virgule de métal.

En face de lui, son double attendait tranquillement qu'il fasse ce qui devait être fait.

Frank fut littéralement transi d'angoisse en se rendant compte que son doigt ne pouvait toujours pas appuyer sur la gâchette.

Derrière les verres noirs, la lueur orange lui rappelait à chaque instant que Frank 2 avait le pouvoir de le ramener à la dure réalité. Et ce coup-là, il en était certain, son double ne se contenterait pas de le faire assister à quelques scènes cruciales. Non, là, il se retrouverait certainement dans une enveloppe humaine, griffant le plafond de la chambre à gaz alors que les vapeurs toxiques envahiraient la pièce close, et ses poumons.

Il sentit sa main trembler. Il fallait le faire.

Mais au même instant, un déluge de messages inonda sa conscience.

Cela gonfla en lui comme un souffle printanier et c'est abasourdi qu'il s'entendit prononcer, d'une voix enrouée, métallique, qu'il ne reconnut pas vraiment : « Nous commettons une erreur en voulant changer le cours de l'histoire. »

Son double eut un rictus légèrement sarcastique. « Ah oui, vraiment ? Tu appelles ça une erreur... Sauver quelques millions de vies... Point de vue intéressant, Frank, cela aurait été certainement apprécié à Nuremberg... »

Il tourna la tête vers la fenêtre, semblant s'abreuver de la lumière lunaire pour évaluer le véritable poids des choses.

Puis faisant face à Frank : « Je te conseille de prendre rapidement une décision. »

Sa voix était d'un métal inoxydable.

« Écoute... je... ça ne sert à rien de procéder ainsi. En me faisant voyager et en jouant le truc sur un coup de roulette russe émotionnel. Ça ne marchera pas. Ce que je ressens à Treblinka est différent de ce qui se passe ici... »

Frank constatait, interloqué, qu'il prononçait ces phrases hors de tout contrôle de sa conscience, comme si la voix qui lui parlait et émettait ces formidables messages sensoriels l'habitait désormais tout entier, sa personnalité habituelle comme anesthésiée, juste capable d'observer tout cela, de l'intérieur.

Frank 2 avait une mauvaise lueur orange dans le regard.

Frank reprit la parole avant que son double ne lui assène un jugement définitif, ou n'aille effleurer la monture de ses lunettes.

« Écoute-moi une seconde. Nous devons effectivement trancher ce nœud gordien, comme tu le disais tout à l'heure, mais nous devons le considérer sous tous les angles de vue possibles. Tu m'as fait comprendre de quoi il s'agissait exactement, ce que la politique d'Hitler allait avoir comme conséquences directes sur les vies de millions d'êtres humains comme celui que j'ai vu à Treblinka, mais tu dois aussi réfléchir à cela, par exemple : le bébé qui est là, en cette nuit de 1890, n'est pas encore coupable de tous ces crimes...

— Évidemment ! jeta dédaigneusement Frank 2. Quelle trouvaille, vraiment ! Dois-je te rappeler que c'est là le but de l'Expérience : remonter avant le Crime et l'empêcher par la suppression de son auteur, avant qu'il ne le commette... Je te signale d'ailleurs que c'est là le défi auquel tu t'es engagé et que...

— Une seconde. » Frank était surpris par la nouvelle tonalité de sa voix, plus sûre d'elle à chaque fois. « Jamais le Voyageur ne m'a parlé d'une obligation, il ne s'agissait que d'une offre et d'une Loterie Transquantique. C'est un droit qui m'a été offert et que je peux à tout instant décliner. J'ai accompli le voyage et j'ai le droit de choisir. Choisir...

— Arguties juridiques ! Voilà comment tu t'en sors. Tu refuses d'admettre que tu te dégonfles... J'ai honte d'appartenir à ta personnalité. »

Frank 2 tournait un visage fermé vers la fenêtre. Il semblait désappointé.

« Écoute, reprit Frank, je te propose que nous en discutions. Calmement. Combien de secondes objectives se sont écoulées depuis que je suis apparu dans cette chambre ? »

Frank 2 ne répondit pas tout de suite mais il se résigna à lâcher, après une intense observation du ciel nocturne : « La moitié du temps imparti. Je crois que je n'ai plus le pouvoir de te ramener à la raison maintenant... » Il semblait désappointé. « Je me demande quelle aurait été ta position si tu avais vécu le sort de... disons Juliette Norvald, reprit-il en le fixant méchamment. Juliette Norvald, que tu ne connais pas, et que personne ne connaît, et qui s'est éteinte le 12 février 1943 dans la chambre à gaz numéro deux du camp de Sobidor... »

Frank leva sa main restée libre pour l'interrompre. Sa voix était voilée par l'émotion lorsqu'il reprit la parole. « Ça n'aurait sans doute rien changé... Vois-tu, le problème est un peu plus compliqué qu'il n'y paraît...

— Ben voyons... Compliqué. Rien ne me sera épargné, décidément... Dire que nous aurions pu changer la face de cette planète...

— Attends, ma décision n'est pas encore prise, il faut juste que nous soyons absolument sûrs...

— Sûrs de quoi, Frank ? Sûrs qu'il s'agit de l'abomination ultime ? Mais bon Dieu, nous le savons bien tous les deux, nous n'avons pas éliminé Caligula, Staline et Pol Pot pour rien, cet après-midi...

— Non, ce n'est pas cela... il faudrait que nous soyons sûrs, par exemple...

— C'est cela, donne-moi un exemple. » Sa voix était glacée. « Bon, voyons les choses sous cet angle, si tu le veux bien : Hitler a bénéficié à plein rendement des technologies de masse et de l'industrialisation que le début du siècle avait développées, ok ? Il s'en est servi pour son œuvre de mort, et au stade où nous en étions, cela a produit les résultats que nous connaissons...

— Je me demande si tu les connais autant que tu sembles le prétendre justement... »

Frank ne releva pas l'observation. « Bien. Supposons maintenant que j'agisse comme tu me le commandes. Je tue Hitler au berceau. Jamais le Troisième Reich n'apparaît et n'entreprend ses folies guerrières...

— Je me demande même si tu le souhaites vraiment.

— Laisse-moi finir. Donc le XXe siècle s'écoule sans qu'Hitler apparaisse. La Course à l'Atome n'a pas lieu, en tout cas pas dans les mêmes conditions... On découvre malgré tout l'arme nucléaire, disons dans les années cinquante. Nous allons dans l'espace aux mêmes dates, années soixante. Nous inventons les technologies de l'information, nous partons à la découverte des secrets de la vie, de la matière et de l'énergie. Nous expérimentons les premières manipulations génétiques, etc., etc. Tu es d'accord sur ma version de cet univers parallèle ? »

Frank 2 bougonna : « Oui, ça semble tenir, mais je ne vois pas où tu veux...

— Tu vas comprendre. Personne ne connaît le nom d'Adolf Hitler. Nul n'a jamais entendu prononcer les mots de national-socialisme, qui est resté l'idéologie obscure d'un minable rassemblement d'ivrognes vaguement mystiques des années vingt. Auschwitz, Stalingrad, Oradour-sur-Glane ne sont que des noms de villes comme les autres, sans signification particulière... »

Frank suspendit sa phrase.

« Bon, et alors ? reprit son double. Qu'est-ce que tu cherches à me dire ? Que c'est très exactement ce que nous voulons ? Alors qu'est-ce que tu attends pour appuyer sur le machin ?

— Oui, sauf que nous n'aurons pas d'exemple. Pas d'exemple pour les générations futures. Pas de souvenir.

Pas de mémoire. Pas trace de ce que l'homme est capable de faire quand on lui en donne les moyens effectifs, concrets...

— Non, non, Frank, ne me dis pas que tu vas me faire ce vieux coup, éculé...

— Pense simplement à cela. Vois-tu, en l'an 2000, nous aurons cartographié le génome humain. Je te laisse imaginer ce que des racistes eugénistes pourraient faire de cette découverte...

— Ton argument est fallacieux, Frank. Rien ne prouve qu'un autre Hitler verrait le jour à cette date...

— Non, c'est vrai, rien ne le prouve, mais le risque existe. Et si jamais cela arrivait, cette fois, ce serait la fin de l'humanité, pour de bon.

— Tu mets en balance une vague probabilité et une certitude historique ? Une simple hypothèse et la Solution Finale ? Je regrette vraiment de ne plus pouvoir te montrer de près ce qu'en penserait Juliette Norvald...

— Réfléchis un instant, bon sang. Sans cet exemple passé, toutes les chances sont réunies pour que cela puisse survenir dans l'avenir. Tu n'as qu'à voir ce que l'humanité est malgré tout capable de faire, quarante-cinq ans après la chute de Berlin...

— Ouais, ouais, n'essaie pas de m'attendrir, je suis au courant...

— Tu dois admettre la chose. Si un Hitler survenait avec l'arme nucléaire et le génie génétique, nous pourrions mettre une croix définitive sur l'expérience *Homo sapiens*. »

Frank 2 se mura dans un profond silence.

Il jeta un coup d'œil cruel au bébé endormi.

« Tu te défiles et tu le sais bien, assena le double. Le seul problème, c'est que tu es dépassé par l'ampleur de la tâche...

— Non, non, nous devons être absolument sûrs que notre acte n'engendre pas de conséquences plus désastreuses que ce qui est advenu entre 1933 et 1945. Absolument sûrs. Et nous ne le pouvons pas... »

Quand son double redressa la tête dans sa direction, Frank crut discerner un voile d'émotion dans son regard acéré. Une buée significative.

Comme des embryons de larmes.

« J'ai échoué, finit par concéder le clone. J'aurais dû t'expédier directement dans le corps d'un des cobayes du docteur Mengele. Tu n'aurais pas mégoté, crois-moi. »

Frank ne répondit rien. Il attendait que la Voix continue son dialogue avec son double, mais seul le silence emplit la pièce.

Frank 2 exhala un petit soupir.

« Ouais. J'aurais dû te faire participer aux expériences du brave docteur, un de ses trucs sur l'hypothermie. Le corps plongé dans des bains de flotte glacée... Je sais pas... Ah, y avait aussi ce bon Kaltenbrunner, à Bergen Belsen. Lui, son truc, c'était des piqûres d'essence auto ou d'huile de vidange... »

Le rictus cruel était revenu mais Frank y voyait surtout comme un aveu d'impuissance, l'ultime cabriole d'un clown avant qu'il ne sorte de la piste.

« Écoute, finit-il par laisser tomber. Arrête de considérer cela comme un échec. Si ça se trouve, nous aurons évité quelque chose de pire à l'humanité...

— Ah ouais ? Parce qu'il y a quelque chose de pire que des injections d'huile de vidange ? Tu penses à quoi exactement, Frank, tu peux me le dire ? »

Le ton de sa voix était plus pâle que la flaque de lune qui tombait sur sa silhouette.

« Le problème n'est pas là. La seule chose dont nous pouvons être sûrs, c'est cela : l'histoire ne se répète jamais. Le fait qu'Hitler ait existé empêche certainement que la chose se renouvelle. Disons que ça en diminue substantiellement la *probabilité*. Nous avons les témoignages de tous ces hommes, ces femmes, déportés à Treblinka ou Maïdanek, où tu veux. Nous avons le Jugement de Nuremberg et Nuit et Brouillard. Nous ne sommes plus innocents. Nous savons. Et ça, ça empêche qu'un Adolf Hitler voie le jour, disons, aux USA, en 1990. Avec des missiles de croisière et des satellites d'observation, les bombes H, les lasers et l'informatique. »

La Voix laissa quelques instants à Frank pour reprendre son souffle puis enchaîna : « C'est presque une chance. Je veux dire, c'est une chance qu'il soit né en 1889 et pas cinquante ou soixante ans plus tard... »

Frank 2 n'accentua même pas l'ombre sarcastique de son regard. « Une chance ! Dire que nous aurons traversé les frontières de l'univers pour entendre ça... »

La Voix sembla s'énerver quelque peu. « Bon sang, mais réfléchis un peu, nom de Dieu. Imagine les chambres à gaz version *1984*. Pilotées par micro-ordinateurs. Les victimes, je ne sais pas, moi, transformées en stocks d'organes frais pour les pontes du régime et...

— Je te rappelle que c'est très précisément ce qui se produit presque quotidiennement en Amérique du Sud, ce genre d'histoires. Y a pas très longtemps, en France, on a aussi sciemment injecté un virus mortel dans les veines de centaines d'hémophiles, surtout des enfants...

— Justement, merde, tu imagines cela élevé en doctrine d'État ? Toute la population d'une grande nation convertie à un racisme high tech ? Tu pèses vraiment le poids de la chose ? » Le clone aux lunettes noires sembla s'absorber dans une profonde réflexion.

Frank commença à doucement baisser le pistolet, qu'il avait tenu jusque-là tendu sur le berceau.

« Je ne veux pas être responsable de l'Apocalypse, murmura-t-il. Le risque est trop grand et tu le sais bien... D'autre part, cela prouve une chose à laquelle ni toi ni moi n'avons pensé... »

Il laissa sa phrase en suspens, cherchant ses mots. Frank 2 ne semblait plus vouloir émettre le moindre son.

« D'une certaine manière, nous venons de prouver que l'histoire ne pouvait être changée, sous peine de destruction totale. Qu'elle était faite pour nous enseigner ce que nous sommes et, juste à temps pour le cas d'Adolf, éviter en fait le pire. Cela prouve bien d'une certaine manière la réalité quantique de l'univers. Le fait que c'est cet univers-là qui existe, celui où Hitler est mort dans son bunker. Car un autre futur ne peut exister, sous peine de conduire *probablement*, donc directement à l'anéantissement. »

Frank 2 ne répondit rien. Il regardait fixement par la fenêtre, attendant une impossible réaction des étoiles.

« Or la technologie des lunettes transquantiques vient de plusieurs siècles dans l'avenir, reprit la Voix intérieure de Frank. Elle n'aurait pu voir le jour si l'humanité avait disparu au carrefour du troisième millénaire. Donc si les lunettes existent et nous ont envoyés ici, nous ne pouvons pas supprimer Adolf Hitler. Cela provoquerait d'ailleurs sûrement une telle dépense d'énergie que la totalité de l'univers s'y consumerait... Donc Dieu ne porte pas de lunettes noires. Ou au contraire, il est le seul à pouvoir en porter... »

Frank 2 ne bronchait toujours pas.

« Le plus drôle, c'est que c'est la conscience humaine qui à ce stade joue un rôle clé. Seule la conscience humaine peut résoudre ce type d'équations. Elle a créé la Voix et elle t'a créé, pour résoudre le problème... Je suis sûr que ces résultats seront cruciaux pour l'Expérience, Frank...

— Oui, et nous ne sauverons pas Juliette Norvald », siffla-t-il entre ses dents, en guise de conclusion.

Frank fut envahi d'un immense sentiment de tristesse. Jamais il ne s'était senti aussi déchiré. Non, pensait-il en sentant un liquide salé rouler sur ses joues. Mais nous savons tous les deux qu'elle n'est pas morte pour rien. Nous devons espérer et tout faire pour que la leçon demeure, nette, toujours vivante, elle. Bon sang, Frank, tu le sais *autant que moi*, si je puis dire... »

Il restait un vague résidu de lueur orange dans les yeux du clone lorsqu'il se retourna vers sa matrice originale.

« Bon, ok, alors on rentre à la maison ? »

Frank hocha lentement la tête. Le pistolet pointait mollement vers le pied du lit.

Frank 2 commença à disparaître doucement, s'effaçant comme un vulgaire dessin passé à la gomme.

Son sourire impénétrable sembla perdurer jusqu'aux ultimes instants d'évanouissement.

Frank retrouva aussitôt l'usage actif de sa conscience « unitaire ». La Voix semblait s'être effacée en même temps que Frank 2 s'anéantissait dans la pénombre.

Puis il vit la chambre reculer en un travelling arrière saisissant. La chambre semblait s'éloigner à l'infini, et pourtant il la percevait toujours, comme si elle était violemment déformée, membrane caoutchouteuse aspirée par l'autre extrémité de l'univers.

Il ressentait une brutale altération du temps, inverse de celle vécue précédemment. Tout semblait fortement ralenti. Minutes devenant des heures, des fractions de journées.

À un moment donné, la membrane caoutchouteuse de la chambre se déchira, comme un placenta d'étoile biologique et il entra dans le Tunnel de Lumière.

Allez, à la maison, fut sa dernière pensée vraiment lucide puis quelque chose comme :

Bon sang de bonsoir, se pourrait-il vraiment que Dieu porte des lunettes noires ?

Il pénétra dans la Nuée Ardente.

Il fut Neutrino et Électron, samba de particules

Il fut soleil et séquoia

Carbone et esprit lumière

Musique de billions d'étoiles...

Puis, Rien.

Extinction.

Lorsqu'il reprit conscience, il était allongé sur le grand tapis chinois qui ornait le centre du salon.

Il vit l'étrange étoile métallique du ventilateur au-dessus de lui, parfaitement immobile.

Il se rendit compte qu'il était dans une semi-obscurité bleutée. En face de lui, derrière la grande baie vitrée, la vallée était encore noire, quoique piquetée de petites lumières, parfois mobiles. Le ciel tirait sur un bleu roi d'une rare profondeur et il discerna les premières éclaboussures de l'aube, traces blanc-rose qui parfumaient les moutonnements graciles des cirrus, à l'est.

Le souvenir qu'il gardait du voyage était extrêmement compact, comme le lui avait dit le Voyageur, mais bizarrement il sentait avoir conservé l'intégralité de l'événement et... Bon sang, mais quel jour était-on exactement ?

Qu'avait dit le Voyageur, déjà ? Ah oui, un décalage d'un peu plus de vingt-quatre heures... Disons une trentaine, ce qui nous amenait bien vers quatre, cinq heures du matin, le lendemain de son départ.

Il roula sur la laine Ming, puis s'assit en tailleur. Devant lui, l'hexagramme Tchou superposait ses barrettes Yin et Yang, bits pourpres sur la pâle toison écrue.

Quelque chose s'était passé. Il avait vécu une Expérience d'une importance phénoménale. Sans doute quelque chose qui n'était pas prévu par les concepteurs du... Jeu ?

Frank se tendit dans l'obscurité. Une impulsion le fit se redresser sur les genoux, puis se lever et foncer jusqu'à la terrasse où l'air frais le revigora.

Un jeu ? pensait-il. Une Loterie ? Bon sang, ça ne collait pas. Il avait accepté l'idée au départ, sous la pression fantastique des événements, mais maintenant qu'il était de retour, quelque chose d'irrésistible créait un doute profond en lui. C'était trop... important, pensait-il. Il avait franchi les limites du temps et de la réalité, avait vécu une forme étrange de dédoublement de la personnalité, avait résolu une sorte d'équation quantique, prouvant la réalité *probable* de cet univers et que tout cela procédait bien d'un programme intentionnel.

Il se demandait pourquoi l'humanité du futur, ou quoi que ce soit d'autre, avait voulu lui faire croire à une loterie, à un jeu grandeur galactique, lorsqu'il se rappela brutalement l'arme et les lunettes...

Aucune preuve, pensa-t-il désabusé, en se rendant compte qu'elles avaient évidemment disparu. Aucun indice me permettant de prouver la véracité de mon expérience...

Il passerait indubitablement pour un fou.

Les hommes du futur ne tenaient sans doute pas à ce que l'on sache qu'ils pouvaient ainsi tenter de changer le cours de l'histoire.

Puis Frank se demanda ce qui se serait vraiment produit s'il avait appuyé sur la détente.

Aurait-il créé un univers parallèle, soudainement plus probable que le sien, ou alors une sorte d'échangeur « quantique » qui aurait déployé des milliers d'alternatives, peut-être étudiées par cette humanité de l'avenir, avec des moyens qu'il ne pouvait même pas imaginer ?...

Et qu'aurait-il donc retrouvé à son retour ? se demandait-il, debout face à la vallée qui bleuissait progressivement.

Un monde où ni les mots « Adolf Hitler » ni ceux de « Seconde Guerre mondiale » n'auraient revêtu un sens quelconque pour les habitants de la planète. Un monde où la seule actualité importante de l'année 1939 aurait été la sortie d'*Autant en emporte le vent*...

Aurait-il conservé le souvenir de l'« autre monde », celui d'Auschwitz et d'Hiroshima ?

Et même, quel usage aurait-il pu faire de cette connaissance ? Il lui aurait été tout à fait impossible d'en démontrer la « réalité ».

Dans un cas comme dans l'autre, il passerait pour cinglé. Qu'il ait appuyé ou non sur la détente, cela ne changeait donc pas vraiment sa situation personnelle : il lui serait tout à fait impossible de relater l'expérience vécue, quelle qu'elle fût.

C'était sans doute un dispositif de l'Expérience. À moins, bien sûr, que cela ne prouve à quel point l'univers nous devance toujours au moins d'un coup, malgré les avancées incessantes de l'humanité, y compris pour celle de l'an 3000 ou du 123e siècle. Un univers toujours fuyant, sans cesse plus complexe à mesure qu'on en découvrait les mécanismes, incarnation formelle de l'infini, toujours aussi loin malgré nos efforts pour l'approcher...

Un univers qu'il avait traversé de part en part, mais qui restait toujours aussi impénétrable.

Frank vit un arc de cercle d'un rouge ardent apparaître sur l'horizon et cela coupa court à ses réflexions.

Une page se tournait, définitivement. Un sentiment neuf et aussi clair que cette matinée d'été l'emplissait tout entier. Il savait qu'il ne reverrait sans doute jamais le Voyageur, pas dans cette existence, en tout cas.

Aussi sortit-il le rocking-chair sur la terrasse pour observer le soleil se lever sur la vallée. À l'ouest, au loin, l'océan semblait fondre sous la lumière.

Vers huit heures, il rentra dans la maison, prit un solide petit déjeuner et fit la vaisselle qu'il n'avait pas lavée le soir de son départ.

Puis il retourna sur la terrasse, vêtu d'un tee-shirt blanc, d'un boxer noir et d'une paire de Ray-Ban, qu'il plaça sur ses yeux avec un sourire irrépressible.

Il s'assit profondément dans le fauteuil dont les bascules oscillèrent doucement, faisant craquer le sable amené par le vent chaud qui soufflait du désert.

Le soleil était haut lorsqu'il s'endormit.

Initialement paru *in*
Nouvelles Nuits, n° 9,
1er trimestre 1995.

THX BABY

« C'est quoi, ton truc ?

— Tu vas voir, tovaritch, c'est de l'atomique, ce machin-là. L'font en orbite, là-haut, sur Lagrange. Paraît qu'ça t'fait voir Dieu, les anges, tu entres en contact avec les morts, man, qu'tu causes avec ton grand-dab, Attila, Bob Marley ou l'Prophète lui-même, brother...

— Okay, okay, Abdul, annonce-moi la couleur... »

Abdul OrangeBull me regarde. Abdul, mon pote de la Ceinture.

Abdul le dealer. Un des vingt ou trente mille recensés officiellement par la police orbitale – et je ne parle pas des dealers illégaux – qui font le voyage régulièrement entre la Terre et la banlieue spatiale, pour apporter aux populations coincées sur la planète de quoi survivre psychiquement.

On fabrique des drogues de pointe, désormais, là-haut. Dans les Cités de l'Espace. Cinq petits millions de relatifs privilégiés qui échappent au Chaos Global, le bon gros désastre qui nous pendait au nez depuis des décennies.

Bon. J'vais pas vous faire un cours d'économie politique, les gars ; faut juste imaginer dix milliards d'habitants, le double qu'en 1990-2000. Donc Mexico, c'est la population de la France à cette époque, et Lagos ou Calcutta pas loin. L'Afrique et l'Amazonie proprement lunarisées, à part une mince bande sur le bord des Andes, dans un cas, et quelques éco-réserves parsemées pour l'autre. Madagascar et

Java sont tondues. Le niveau de l'océan a déjà monté de trois mètres. Le Bangladesh est une jolie prairie aquatique, avec quelques sous-marins chinois, bien radioactifs, échoués là depuis la guerre Sino-Indo-Pakistanaise de 2017. La nuit, y paraît qu'ça brille jusqu'en Indonésie. Quoi qu'il en soit, selon les statistiques du Holding Mondial, où que vous viviez sur Terre, vous habitez dans une ville, plus ou moins intégrée aux conurbations et mégaconurbations qui prolifèrent en désertifiant tout sur leur passage.

En quinze ans, donc, cinq millions d'humains ont été sélectionnés ou ont pu financer leur exil cosmique. Une ville moyenne de votre époque par année d'exercice.

À ce rythme, les premiers Nigériens ou Kirghizes qui partiront, ce sera pour l'autre millénaire.

D'après les statistiques, selon mon revenu annuel et mon crédit de vie actuel, je partirai pas très longtemps avant eux.

Ça explique pourquoi je vois régulièrement Abdul, comme des millions d'autres habitants de Paricity ou d'ailleurs, et leurs cosmodealers attitrés...

Les divers biogiciels et neuro-univers en provenance de Là-Haut sont des nanomachines vivantes, des sortes de virus programmés pour faire tel type de boulot à l'intérieur de votre système nerveux, appuyer sur tel ou tel bouton, ouvrir telle porte, exciter tel groupe de neurones...

C'est à chaque fois nouveau et incroyablement stupéfiant, et les versions s'enchaînent, à un rythme mensuel, ou presque.

Bien, j'en suis au moment où j'optique Abdul, derrière l'écran de mes lunettes interfaces. J'peux percevoir son champ magnétique ainsi que l'ensemble de ses organes, et rien qu'en cliquant du regard, j'pourrais accéder à des informations aussi diverses que son rythme cardiaque à la microseconde près, ou sa pression artérielle à telle ou telle section de son système sanguin. Ça ne me procure aucune supériorité sur Abdul, qui est celui qui me les procure, en direct de Là-Haut, et s'avère toujours doté du nec plus ultra en la matière. S'il le voulait, son système personnel de contre-mesures pourrait littéralement me rendre aveugle. Ça force le respect, ce genre de gadgets, et c'est utile quand on fréquente les méga-gangs et les mafias.

« Bon, alors, j'lui fais, c'est combien ton branchement direct avec le Réseau divin ?

— Cinq mille. Cinq mille nobels. »

Les nobels, ce sont les dollars ONU, à cause de leurs portraits holo imprimés sur le seul argent liquide légal de la planète. Cinq mille nobels. Dix fois le prix habituel.

« Putain... Dis donc, y a intérêt à ce que cette inflation soit justifiée...

— Supercritique, y m'fait, tu verras.

— Super ?...

— Supercritique l'inflation, qu'y m'répond. T'accèdes à d'aut' champs de conscience, brother. Explosion, supercritique. Comme le big bang, tu sais. Au début, y paraît qu'Dieu, il a provoqué une expansion foudroyante et que... »

J'l'ai arrêté en plein vol. Mon logiciel optique me prévenait qu'Abdul avait dû fumer un peu de cannabis orbital. Ça le faisait illico barrer sur des délires post-islamiques, soufis et Théorie du Vide Quantique...

« Comment qu'y s'appelle ton neurog supercritique, Frère Croyant ? j'lui fais.

— THX Baby, qu'y m'répond. Mais mes potes de Là-Haut, y l'surnomment *Noces de Cana*.

— *Noces de Cana* ?

— Un truc chrétien, en rapport avec l'Eucharistie, ou un des Miracles, j'sais p'us très bien, t'sais ; mes potes, c'est tous des néo-mystiques... »

J'savais. J'ai abrégé et lui ai refilé ses nobels.

Le neurog, c'est une biopuce noire, nette et carrée, de cinq millimètres de côté. Elle est pour le moment enclavée dans un cristal de gallium, fabriqué en apesanteur, et rempli de substances nutritives. Un petit éclat aux lignes parfaites, gros comme une bille.

Arrivé chez moi, Parisud 10, Vitrivry, sub-bloc Charles de Gaulle, je me prépare du thé et enclenche le cristal dans mon neuro-lecteur. C'est une simple broche biocompatible, une sorte d'implant qu'on fixe soi-même, généralement sur la nuque.

Voilà, c'est comme ça que je me suis retrouvé près de ce lac, en Galilée. Ah ça, pour sûr, j'm'y attendais pas.

Le sable du désert vient lécher les rives du lac. Le ciel est d'une pureté incroyable.

Au loin, derrière l'écran de chaleur, une silhouette avance dans ma direction. Le simple fait d'amorcer un pas en avant me projette instantanément à ses côtés.

Je reconnais immédiatement Abdul. J'en suis abasourdi. Il est vêtu comme moi d'un épais drap de lin et chaussé de sandales en cuir.

« Salut, me fait-il. Putain, ça fait plus de vingt siècles que j't'attends...

— Mais... qu'est-ce que tu fous là ? »

Il me regarde un instant, perplexe. « Non, mais qu'est-ce que tu racontes ? Faut en plus que j'te rappelle tes rancards ? »

Je regarde autour de moi ; le lac scintillant sous le soleil de plomb, le sable presque blanc du désert. La luminosité est aveuglante.

« Bon, c'est pas tout ça, me fait Abdul, mais faut qu'on procède à l'expérience. »

Je le regarde à nouveau sans comprendre, mais je ne sais pas pourquoi, je n'éprouve plus aucun besoin de le questionner.

Il passe devant moi et marche au bord du lac. Je le suis.

Nous marchons ce qu'il me semble des heures, dans le plus parfait silence. Je comprends peu à peu que nous faisons le tour du lac.

Le jour décline lorsqu'il s'arrête, face aux eaux bleues.

Son visage se tourne vers moi.

« Voilà, c'est ici, je crois bien. »

C'est ici quoi ? je me surprends à me demander, mais aucun mot ne sort, à nouveau.

« Bon... me fait-il, le truc est d'une simplicité enfantine. Tu connais l'Évangile selon saint Jean ? »

Je fouille dans ma mémoire, l'époque où je cherchais dans les Livres Sacrés des réponses à des questions insolubles.

« Oui, *au commencement de tout, il y avait le Verbe qui est la parole de Dieu, le Verbe était avec Dieu et le Verbe était Dieu...* Saint Jean... le seul des Évangiles qui fait remonter le Christ aux origines divines de l'univers, et il a sûrement raison.

— Tu ne crois pas si bien dire. Est-ce que tu te rappelles le premier miracle cité par cet évangile ? »

Je fouille à nouveau dans mes vieux souvenirs.

« Euh... la guérison de la belle-mère de Simon, à Capharnaüm ?

— Non, ça, c'est saint Marc.

— Attends, les deux aveugles ? La marche sur les eaux du lac de Tibériade, la multiplication des pains et des poissons...

— Non, non et non. C'est le tout premier des miracles : la transformation de l'eau en vin ; les chrétiens l'ont repris pour l'Eucharistie. C'est ça, *Les noces de Cana*...

— D'accord, et qu'est-ce qu'on fout là-dedans, nous ?

— Pas nous, toi. Et toi, tu vas revivre l'expérience.

— Pourquoi ? je lui demande. C'est quoi le but du jeu ?

— Le but du jeu, c'est l'Expérience, banane. L'expérience des noces de Cana... C'est ça, le THX Baby, on t'offre le moyen de réitérer le miracle, c'est tout, alors arrête de discuter...

— D'accord, Abdul, d'accord... »

Nous reprenons notre marche.

Quelque chose se déclenche en moi alors que mes pas font gicler la maigre écume échouée sur le sable. La lumière. L'arbre de lumière m'envahit. Il est fulgurant. Il m'aspire vers le cœur de l'univers, une voix cosmique retentit en moi, mais elle me parle une langue sans phonèmes, un entrelacs de vibrations qui tient plus du phénomène lumineux que de l'onde sonore.

De cela procède la connaissance, un serpent de verbe pur se déroule en moi, comme un antique code génétique brutalement réveillé, et décrypté à toute vitesse par des enzymes de lumière.

Le sable du désert est une poudre d'étoiles, et l'univers entier devient sensible, jusqu'au ballet des quarks et des gluons qui agite le noyau atomique.

Mais surtout, une information capitale balaye ma conscience. Il n'y a pas de séparation. Il n'y a pas plus de vide entre les atomes de ton corps et ceux de l'atmosphère qu'entre les atomes de ce qui forme ta chair et tes os.

Il n'existe aucune division sinon celle que propage l'illusion.

Abdul se tient derrière six cuves de pierre, plantées là, à la lisière des dunes.

« Voilà le truc, me dit-il. Six cuves de cent litres. Eau pure. H_2O à quatre-vingt-dix-neuf pour cent, je fais abstraction des quelques sels minéraux qui y sont dissous. »

Je regarde l'eau qui clapote dans les bassins de pierre. Le sable du désert tournoie autour d'eux, sous le vent chaud qui souffle en rafales.

« Six cents litres..., je me contente de souffler.

— Le Christ n'aimait pas les demi-mesures. *Alors ceux qui ne voyaient pas ont vu, et ceux qui voyaient sont devenus aveugles.*

— En effet.

— Est-ce que tu te souviens du texte ?

— Cet épisode précis ? Non, j'en ai peur...

— Il est tout à fait clair... Il y a un mariage à Cana, en Galilée, la mère de Jésus est là... Le vin manque et la mère de Jésus lui dit : “Ils n'ont plus de vin. — Femme, que veux-tu de moi ? répond Jésus. Mon heure n'est pas encore venue…” Tu saisis ? Il en avait le pouvoir mais quelque chose lui dictait d’attendre. »

J’acquiesce en silence. Je ne sais pas trop où Abdul veut en venir.

« Plus loin, Jésus change l’eau des cuves en vin, il fait goûter le produit de son miracle au cuisinier du banquet. L’homme ne sait pas d’où vient le vin. Étonné, il appelle le marié et voici ce qu’il lui dit : “D’habitude, on sert d’abord le bon vin, puis quand les invités ont beaucoup bu, on apporte le moins bon, mais toi tu as gardé le meilleur pour la fin !” Tu piges ? »

Je regarde Abdul, puis l’eau qui clapote. Je me sens en harmonie avec cette vie, ces particules, les échanges électrochimiques que je perçois dans le cerveau d’Abdul, la biologie locale, dans les eaux du lac proche, sous le sable du désert… Mais non, je ne pige pas. Ma tête émet une légère dénégation.

« C’est tout simple, pourtant. Jésus ne leur a pas fourni du Gévéor en combi-pack. Au bas mot, selon moi, il leur a offert un grand cru, château du Bordelais… Juste pour te donner une idée. »

Je plante mon regard dans celui d’Abdul. Mes mains frôlent la surface de l’eau.

« Du bordeaux, hein ? Un médoc, ça t’irait. Château Saint-Julien, par exemple ? Une grande année, disons 1953 ? »

Je me sens prêt. Il n’y a pas de séparation.

La conscience est l’interface entre tous les états de la matière. Mes mains épousent la surface irisée de l’eau.

Une très ancienne langue roule sur mes lèvres, comme de vieux manuscrits de papyrus.

« Puisez, maintenant, dit-elle dans ce langage que je connais depuis toujours, et portez-en à celui qui s’occupe du dîner… »

Abdul me regarde avec son sourire narquois et complice tout à la fois. Il trempe ses lèvres dans le bassin.

Sa bouche est colorée d'un liquide vermeil lorsqu'il se redresse. Il lève son pouce en signe de succès.

Tout reflue déjà, à une vitesse indescriptible. Désert-ciel-soleil, nuée de lumière blanche.

Je suis de retour dans mon conapt. Je suis assis sur mon fauteuil. Dans le divan, en face de moi, Abdul me regarde avec son éternel sourire.

Six bouteilles de bordeaux sont alignées sur la table.

« Putain, mais qu'est-ce qu... mais qu'est-ce que tu fous là ?

— T'inquiète pas, ça fait toujours ça. T'as l'impression que tu viens de quitter le neuro-univers, mais t'as dormi des heures. J'suis entré avec ma carte truquée... J'connais bien les effets, c'était prudent que j'te surveille... Bon, j'te signale aussi que t'as gagné le gros lot. »

Je reprends pied. Les bouteilles alignées. Abdul. Le souvenir de ce drôle de trip. Et qu'est-ce qu'il vient de me dire là ?

« Le gros lot ?

— Ouaip. Faut que j't'avoue un truc, mes potes de Lagrange, les biochimistes, ben, en fait, ils sont sur un programme d'études...

— Ah ouais ? »

Je sens venir la chose, gros comme un camion.

« Ouais, leur truc là, le THX Baby, il est en phase expérimentale... Ils cherchent un truc... »

C'est bien ça. J'ai servi de cobaye.

C'est pas que ça trouble mon sens moral, c'est plutôt que d'habitude les biofirmes, elles payent quand même un peu pour se servir de votre métabolisme. Là, j'avais raqué cinq mille nobels.

« T'inquiète pas pour les tunes. T'auras droit à une rente à vie, avec les nouvelles lois sur la propriété génétique. »

Je le fixe sans comprendre.

Il tend la main vers moi, au-dessus de la table, entre deux bouteilles.

« Retire le neurog, s'il te plaît. »

J'ôte la biopuce de ma broche neurale et j'observe le cristal désactivé, terne.

Je le tends à Abdul, qui s'en empare et le dispose soigneusement dans une microcuve portable à azote liquide. Une fumerolle gris-vert s'en échappe.

« J't'explique : l'THX Baby, c'est un nom de code pour un nouveau genre de neurog. Le but du jeu, c'est de transformer le cerveau... Mais jusqu'à présent, ça avait foiré.

— Attends un peu, je lui fais. Qu'est-ce que ce foutu truc a fait à mon cerveau ? »

Abdul laisse passer un petit rire. « T'affole pas, brother... Ton système nerveux n'a rien... C'est juste que pendant une fraction de seconde il a trouvé la bonne architecture logicielle, et le neurog, il avait pour fonction d'enregistrer ça. Il a aussi prélevé un peu de ton tissu cérébral, une microbiopsie, pour qu'on puisse utiliser tes gènes...

— Putain, j'comprends rien, mes gènes ? Pour quoi faire ? »

Son petit rire, à nouveau. « Tu devineras jamais, brother. Pour produire du THX... »

Le silence dure des minutes.

Je prépare du thé et reviens m'asseoir en face d'Abdul.

« C'est quoi, ces boutanches ?

— Un cadeau de la Biotrop Neuronext. C'est pas du château Saint-Julien 1953, mais d'après ce que je sais, ça vaut une petite fortune. Une avance sur ta rente. »

Château Laffite, 2026. Une grande année pour les bordeaux. Et une des dernières...

Je m'enfonce profondément dans le fauteuil. « Alors c'est ça, j'suis devenu une sorte d'usine à THX ?

— Tu peux voir ça comme ça. On ne se sert que d'une simulation de ton système nerveux et de tes gènes, t'auras pas de perfuseur dans le bras... Et tu toucheras quelques millions de nobels par an... De quoi te faire gagner une place pour un des prochains programmes, les Astéroïdes, Jupiter, Saturne... »

J'opine du chef.

Dehors, derrière les baies de vitrocarbone, la nuit est tombée sur la conurb. Les tours géantes du Port-à-l'Anglais sont illuminées comme des astrodromes. La Seine sinue entre les hautes digues de béton qui protègent la ville des crues de ce qui est devenu un fleuve tropical.

Une forme de mélancolie m'étreint. Avec les royalties du THX, je vais pouvoir quitter l'enfer urbain de la Terre. Je suis déjà un immigrant en partance. Bientôt, les tours géantes du centre financier international de Parisud ne seront plus qu'un lointain souvenir.

Quelle drôle d'existence. Pendant une microseconde, durant ce neurotrip, j'avais cru accéder à une vérité ultime de la nature de l'univers. Comme une sensation fulgurante qui s'était éteinte aussitôt et m'avait laissé un goût d'incomplétude dans la bouche.

Or cette percée mystique cachait un processus bien plus prosaïque. Un nanocomputer cherchait une solution à une équation bien précise, et par je ne sais quel miracle, il avait trouvé dans mon cortex le partenaire recherché. La vérité s'avérait une subtile illusion, destinée à engendrer des milliards de nobels.

Bah, après tout, c'était le lot commun, ici, à nous tous.

La ville palpitait comme une galaxie tombée sur la Terre.

La radio numérique que venait d'allumer Abdul diffusait le truc d'un nouveau groupe de Lunokhod Junction, la ville phare du néo-technorock lunaire.

En fait, tout allait bien.

Nous avons tranquillement attaqué la première bouteille.

Initialement paru *in* *Drunk*, n° 6, juin 1994.

QUAND CLIGNOTE LA MORT ÉLECTRIQUE

L'enfer, ça doit sûrement ressembler à une putain de zone commerciale. Ouais, une putain de zone commerciale. Comme celle-là, avec ses magasins de meubles et de hi-fi discount, ses centres de bricolage et ses boutiques de fringues, avec plein de néons, et de la muzak de merde, et des slogans de pub foireux, Le Pays Où La Vie Est Moins Chère, À Fond La Forme, Tout Pour Réussir, toutes ces conneries... Et pourtant, c'est presque beau, ces enseignes qui clignotent au-dessous de lui, avec le ciel qui vire à un vert électrique dans le crépuscule, et la lumière dorée des lampes au sodium de l'autoroute... Ouais, ça pourrait vraiment être beau, s'il était pas malade à ce point.

C'est ça qu'il se dit, Willie, en reprenant vaguement ses esprits et en essayant, pour une obscure raison, de se tenir droit sur le siège de la Golf. Merde, qu'est-ce qu'il l'a aimée cette lumière ambre artificielle, surtout comme maintenant, quand elle se mélange à celle du soleil qui se couche... Les pylônes qui entremêlent leurs architectures de science-fiction, câbles haute tension hachurant le ciel, projecteurs en grappes, comme des armes de soucoupes volantes. Premières étoiles, cristaux émergeant des abysses. Ouais, c'est si beau, si intense, toute cette banlieue qui s'étend autour de lui, de part et d'autre du grand échangeur du carrefour Pompadour. Toutes ces lumières, cet océan de lucioles qui part de Créteil et s'étend jusqu'aux tours du quartier chinois de Masséna, à l'horizon, avec le fleuve comme une traînée de bronze fondu sous l'éclairage des hangars qui longent les quais, là-bas, au Port-à-l'Anglais, illuminé par les lampes au sodium de l'écluse, devant la silhouette d'astroport de la grande centrale EDF...

Ouais, tout ça est vachement beau.

Autour de lui, tout est calme, mais quelques instants plus tôt, c'est l'enfer qui semble s'être déchaîné ici. Le magnifique paysage qu'il contemple est déstructuré par un drôle de kaléidoscope naturel, celui du pare-brise fissuré en de multiples endroits, comme un logo mortel.

Dans un coin du rétroviseur, ce qu'il aperçoit de son visage, une tignasse rousse, un œil marron-vert qui vire à un jaune de mur de commissariat, une poche violacée juste dessous, la peau livide où les taches de rousseur ressortent comme les traces d'une maladie incurable, plus cette balafre rouge sur la tempe, qui pisse le sang, ouais, ben tout ça, c'est pas vraiment jojo.

En plus, c'est vachement désagréable cette sensation d'avoir pissé dans son froc, pourquoi qu'il a l'impression d'avoir le cul plongé dans une bassine pleine d'un liquide gras et poisseux ?

Oh ! non, pas ça, pas cette image, maintenant que la mémoire se réactive, avec un zoom affolant jusqu'à l'inévitable, un tunnel du destin qui conduit droit au mur, comme la menace tapie au cœur d'un mauvais rêve, une bête féroce, sauvage et mécanique, montée par deux démons sans visage...

Mais déjà la douleur. Le plus mauvais shoot qu'il soit possible d'imaginer, injecté direct dans le cerveau.

Ses mains cherchent à retenir quelque chose qui veut sortir de son ventre, mais n'y parviennent pas. Ça coule entre ses doigts, comme un mauvais picrate. Ah... non, non, putain, voilà qu'il se vide maintenant... Tous ses sphincters lâchent, sa vessie se libère et ça se met à couler de partout, avec la merde, putain, qu'est-ce que ça pue.

Il pose sa tête sur le volant, son nez caresse une fêlure dans le plastique imitation bois, une grosse fêlure qui lui coupe la peau comme un rasoir. Un filet de bave sanguinolente suinte de sa bouche et vient s'étoiler sur le lino crasseux qui revêt le plancher de la vieille Golf toute pourrie. Ça fait comme une méduse filmée au ralenti, une méduse malade.

Autour de lui, le pare-brise et les vitres fissurées dessinent une drôle de toile d'araignée autour des points d'impact. Derrière, la lumière est vachement belle. Mais ça tourne comme s'il était dans un tambour de machine à laver. Le monde entier tourne comme un putain de tambour de machine à laver... D'ailleurs il fait aussi chaud que dans une essoreuse, aussi moite, et c'est fou comme ça tourne...

Il se met à gerber sans même s'en rendre compte.

Bon Dieu, qu'est-ce que c'est moche de finir comme ça, tout seul dans sa bagnole immobilisée sur la bande d'arrêt d'urgence d'un tronçon en construction de l'A 86... Comme un chien des rues à apparence vaguement humaine et doté d'un permis de conduire.

Il voit bien que ça n'arrête pas de couler, ce putain de sang. Y en a partout. Depuis les genoux jusqu'au nombril. Ça y est, oh ! putain, la bête mécanique se stabilise, et les deux démons qui la chevauchent deviennent plus nets... Tout se recristallise dans sa mémoire, en un clin d'œil.

Il pourrait pas dire combien il en a chopé, des bastos aux frérots kabyles, mais ils ont bien tiré six fois, six fois, ouais, c'est Farid avec son gros Magnum, et comme d'hab il a vidé le calibre ; Kamel conduisait la grosse Kawa ZXR, et les deux frangins ressemblaient à des extraterrestres derrière l'écran fumé de leurs casques. Ils sont apparus de nulle part, les fumiers. Ils n'étaient pas là, et soudain ils étaient là, ni plus, ni moins. Putain, la seule chance qu'il a eue, c'est que la balle qui était destinée à la tête a dévié sa course contre le volant en le fracassant de plein fouet, et s'est contentée de lui effleurer la tempe. Un baiser de métal chaud à trois cent cinquante mètres seconde, tout de même. C'est celle qui lui a fait perdre conscience. Mais c'est pas celle qui lui fait le plus mal. Y en a plusieurs, disséminées entre sa plante des pieds et le larynx, là où il a *vraiment* mal, et plus certainement quelque part dans le bide, là où ça pisse le sang.

Du sérieux, les calibres des frères kabyles. Des armes de flics, évidemment, les enflures, avec tous leurs potes aux stups, Manhurin MR 73 ou Spécial Police. Avec de la munition d'élite, des balles Winchester de calibre .357 Magnum, à têtes creuses, qui font de gros trous en entrant, et plus encore en ressortant, quand ça leur arrive, et qu'elles n'ont pas décidé de rester logées vicieusement dans la colonne vertébrale, comme ils le racontent complaisamment quand ils exhibent leurs engins à des gonzesses fascinées, comme devant deux gros zobs chromés et lustrés. Les fils de pute.

Alors que l'odeur de merde et de pisse envahit implacablement l'univers, il se surprend à chialer. Quelques minutes plus tard, la douleur éteint jusqu'à cette dernière trace d'humanité.

Il se met à geindre comme un animal meurtri par le piège qui le tue. Il en tremble de tous ses membres. La peur et la souffrance injectées en autant de shoots à répétition.

Allongé en travers sur les deux sièges avant, un hoquet l'envahit et il se met à vomir un mélange indicible de sang et de matières méconnaissables, avant de s'évanouir pour la seconde fois.

Son dernier éclair de conscience lui hurle qu'il est en train de mourir.

Quand il se réveille, il fait nuit. Le ciel est noir-violet derrière le dôme de lumière dégagé par la ville. Il est pas mort. Il a plus vraiment mal. Il a juste très froid. Il est recouvert de sueur, et il tremble de tous ses membres, qu'il ne sent plus, ou comme des signaux lointains et éparpillés dans l'espace et dans le temps. Tout est cotonneux. Diaboliquement cotonneux. En fait, il ne sait plus s'il a chaud ou s'il a froid. S'il est bien ou s'il a vraiment mal, s'il a peur ou s'il est impatient d'en finir. Tout ça en même temps. Il en est malade, écœuré. Il se remet à gerber.

Alors qu'il dégurgite des caillots de sang chaud, qu'il en asperge sa chemise et le tableau de bord, il se rend compte que l'autoradio est allumé. Il se rappelle plus sur quelle station il est branché, mais un truc horripilant et prétentieux, une mauvaise techno pompière martèle l'univers. Martèle son cerveau, oui, ça cogne comme une usine qu'on lui aurait greffée sous le crâne. Il faut éteindre cette saloperie. C'est lorsqu'il s'agit de fournir cet effort ténu, ce geste simple, qu'il réalise que ses membres sont paralysés, vides de tout contact sensoriel.

Son corps lui-même tend à n'être plus qu'une image. D'ailleurs, rien de tout ça n'est vrai, c'est juste un cauchemar, un putain de cauchemar, sûr, il va se réveiller, là, tout de suite.

Mais l'issue ne fait aucun doute, hein, mec ?

Quand tu te « réveilleras », tu seras passé de l'autre côté, enfin libre, débarrassé à tout jamais de toute cette merde, des frérots kabyles, des deals à la con, des balances, des keufs et même de la belle lumière de l'autoroute, dont tu n'as plus rien à branler, maintenant.

Trop mal. Ça fourraille dans les entrailles avec un tison chauffé au rouge. Tout le bas de son corps est trempé d'un liquide gras qui dégouline dans ses chaussures, ça pue, pire que dans les chiottes du CES où il a passé ce que personne n'oserait appeler une scolarité. Bon Dieu... Mais pourquoi qu'il pense comme ça aux années de sa jeunesse foireuse, comme à un vieux feuilleton merdique oublié ?

Il pourrait plutôt se refaire le film des virées du samedi soir, quand ils rentraient raides déf à donf sur les quais, Gap Band, Parliament, NTM ou James Brown au volume maxi sur l'excellente chaîne Technics ou Pioneer, qu'on s'empresserait de dépouiller avant d'abandonner la caisse quelque part dans la zone...

Pont de Tolbiac, Grands Moulins de Paris d'un côté, la Seine de l'autre, le tout brouillé par la vitesse, la beu et l'alcool, allez, putain, d'une traite jusqu'au périf, sous lequel ils passaient en grillant tous les feux, ça y est, la frontière, le Rio Grande de béton endormi, de l'autre côté la banlieue, le territoire, chez eux, plongé dans le noir. Quai d'Ivry, jusqu'à la place Gambetta, vas-y, mets le boulet, Marco, la R 5 turbo ou la Golf GTI chouravée un peu plus tôt près d'un cinoche du Boul'Mich hurlant de toutes ses soupapes, ah ! ouais putain, et les soirs de chance, avec deux pétasses fausses blondes décolorées à l'arrière, des stagiaires coiffeuses de Belle-Épine, ou alors des gamines paumées d'une autre lieuban, Montfermeil, Bobigny, Créteil ou ailleurs, à moitié bourrées, levées dans un rade de Pigalle, ou une teboi des Grands Boulevards, et qu'on allait pouvoir se tirer à plusieurs dans les caves de la cité.

Putain, man, ouais, c'était pas si naze, tout compte fait, même durant les étés chauds et blancs, quand les tours de vingt étages, les espaces verts tout gris et les bacs à sable remplis de merdes de chien semblaient vouloir se dessécher sur place, comme une drôle de nourriture laissée au soleil, avec l'ennui comme pote-dealer, toujours prêt à dépanner, un peu de télévision du samedi après-midi contre quelques heures de ta vie, brother ? Ou alors le match de foot sur le stade municipal derrière Balzac, avec les odeurs de merguez, le bruit des canettes de bière balancées dans les poubelles d'un bras roulé à la Michael Jordan, et les vieilles cassettes de KC and the Sunshine Band toutes pourries que Djamel enfilait les unes derrière les autres dans son gros blaster. Et puis les virées au centre commercial Youri Gagarine, ou alors à Belle-Ép', histoire de se faire un larf ou deux et mater les meufs louchant sur les vitrines des boutiques de fringues...

Ouais, sûr, y avait aussi les nuits coincées sur le tarmac sans avions où poussaient les barres et les tours, comme des monuments lunaires sous la voûte étoilée, les nuits coincées à Triv', au cœur de Nulle Part, sans une thune, et sans même l'envie de dépouiller une caisse pour se taper une virée sur Paname, les nuits à zéro centime, avec juste une bouteille de whisky chourée au rep de Willie, et quelques cônes de mauvais marocain grillés dans l'obscurité des cages d'escalier, ou alors dans les rues désertes qui clôturaient la zone industrielle des Ardoines, près de la gare du RER. En se demandant ce que ça pouvait faire de se réveiller un dimanche matin dans un quartier situé près de la tour Eiffel, ou de l'Arc de Triomphe – les Champs, le Trocadéro, comme à la télé –, avec des draps frais, un petit déjeuner à l'américaine, du champagne de luxe et une blonde d'enfer endormie à côté de vous, une satisfaction béate retroussant ses lèvres de jeune top model...

Ah ! les rêves à plusieurs zéros. Le seul antidote aux nuits à zéro centime, et il était juste en train de les tâter pour de bon, comme les deux nichons d'une bonne salope frémissant sous la soie du sous-tif, quand ce putain de pare-brise avait explosé, avec les silhouettes des frères kabyles juste derrière, tels deux anges de l'Apocalypse, un nuage à l'odeur de poudre autour d'eux...

Il n'en était pas encore à fêter son premier milliard, comme Farid, l'aîné des Kabyles, qui changeait de BM tous les mois désormais, mais justement, putain, y avait pas une semaine qu'il avait commandé sa première folie au concessionnaire BMW du pont d'Alfortville, un coupé M 3, splendide, noir comme un hélicoptère de combat, bordel, et dire qu'il allait crever dans sa vieille Golf GTI toute pourrave, sans avoir pu faire hurler les 200 chevaux, ni doucement actionner les sièges en arrière, avec une groupie-junkie à ses côtés déjà parée pour la pipe, quelque part sur la Côte, cet été, comme il l'avait prévu, et parfaitement organisé.

Merde.

Il avait juste eu le temps de connaître le frémissement de tous ceux qui pénètrent dans une boîte ultra-sélecte, reconnu par le physionomiste de l'entrée, comme aux

Bains, grâce aux livraisons de coke et d'héro qu'il acheminait à un gros producteur de disques, au resto de l'étage. Putain, les minettes qu'on pouvait mater dans cette boîte, c'était tout bonnement pas croyable. La première fois, il s'était demandé quand est-ce qu'il allait se réveiller dans sa chambre bordélique, à Balzac, par une matinée grise, l'esprit cherchant à se souvenir d'un lambeau de rêve. Mais il s'était pas réveillé. Le rêve avait continué. Mieux, il s'était amplifié. Vers une heure du matin, une dizaine de top models avaient envahi le resto de l'étage, avant de se rendre au sous-sol, dans la discothèque. À elles toutes, elles ne devaient pas porter plus d'un ou deux microgrammes de tissu, si l'on exceptait les matières complètement transparentes.

Il se retrouva avec le producteur et tout ce que l'endroit comptait encore d'hétérosexuels, en train de descendre les marches, à la suite des beautés fatales, comme de vulgaires phalènes affolées par la loupiote qui va les consumer. Il n'avait même pas su comment raconter ça aux potes de la cité.

L'Élysée Mat, ensuite, toujours grâce au producteur de disques ; là, il avait failli péter un boulon, à cause du champ de luxe que ce gros dégueulasse plein de pognon faisait venir d'un simple geste de la main, et dont il arrosait copieusement, au sens strict, un troupeau de gonzesses dont la plupart n'étaient pas plus majeures que la sœur de Djamel, mais encore plus vicelardes, et pourtant la sœur de Djamel elle est connue jusqu'aux Combattants. Et puis les autres boîtes branchées, la Nouvelle Ève, le Queen, la Locomotive, d'autres producteurs, d'autres groupies-junkies...

Ah ! ouais, merde, il avait fini par les connaître, ces petits matins sur l'avenue Kléber, l'avenue Foch, ou près du Champ-de-Mars, dans les draps de satin d'un studio à huit mille balles le mois, avec une minette canon allongée à ses côtés. Généralement, il était incapable de lui remettre un nom ou un prénom, à la minette. Mais il l'avait vue, la tour

Eiffel dans l'aube pâle, avec le premier ballet des voitures glissant dans le silence des avenues qui ceinturaient l'École militaire. Putain, une fois, il avait même pris un petit déj sur le bord d'une penthouse qui dominait la place de l'Étoile, avec une fille qui n'était même pas celle avec qui il avait passé la nuit. Pendant ce temps-là, le producteur, deux ou trois de ses potes et une bonne demi-douzaine de jeunes lolitas cosmopolites copulaient encore gaiement dans tous les coins de ce vieil appart bourgeois transformé en baisodrome de luxe, rue Newton, non ? Ouais, peut-être. Ah ! merde, en tout cas, quelle rigolade, quel panard, avec la sensation que le monde n'était plus qu'un jouet enfin à sa mesure, comme un bon vieux flip dont on connaît par cœur chaque bumper, avec l'incroyable sérénité que procurent les crédits qui s'entassent, et le bruit sec genre bouchon de champagne électronique saluant vos exploits de super-héros de comptoir.

Le vrai truc, comme enfin faire partie du vrai truc, man, tu vois ? Ah ! ouais... champagne !

Merde.

Tout ça vient de disparaître comme un rêve, tout allait bientôt disparaître comme un rêve... Ta vie n'avait-elle été qu'une connerie de rêve ?

Putain, réveille-toi, ducon ! hurle une voix à l'intérieur de sa tête. Cette voix qui lui avait jusque-là assuré une survie sur le fil du rasoir, mais qui avait disparu depuis que les deux frangins à moto avaient surgi du néant, alors qu'il attendait quelqu'un d'autre, pour un deal d'héro, un rancard habituel, quelqu'un qui n'était jamais venu. Willie essaie de bouger et de se redresser sur le siège passager en travers duquel il est allongé, mais le simple fait de déplacer la tête de quelques centimètres injecte une seringue de douleur pure le long de sa colonne vertébrale.

En voulant simplement mouvoir les jambes pour se caler dans une position plus confortable, il provoque une éruption de souffrance dans le bas-ventre, qui stoppe net sa tentative.

Condamné à rester immobile, son regard ne peut se détacher de l'énorme flaque de sang qui recouvre sa chemise et son pantalon. Il peut discerner à l'œil nu les bouillonnements qui se déversent par les orifices noirâtres causés par les balles.

Il s'étonne d'être encore vivant à chaque seconde.

Un jour, un peu avant qu'il ne devienne *vraiment* accro à sa propre marchandise, un jour, sur le bord des quais, il s'était surpris à avoir envie d'écrire à quelqu'un. L'envie lui avait paru bizarre, car il n'avait jamais écrit à personne, mais à chaque fois qu'il empruntait les voies sur berges, surtout la nuit, cette envie invraisemblable venait à nouveau lui ronger le cerveau. Au point qu'un jour *les mots étaient venus tout seuls*, comme ça, sans prévenir, et qu'il avait fini par s'arrêter au bord du fleuve, pour noter ces quelques lignes sur un bout de papier. Un truc sur l'émotion qu'il ressentait devant les lumières des nouveaux immeubles qui bordaient les quais, Bercy-Expo, le centre commercial, le gazon vert électrique recouvrant les pentes du POPB et même les hideuses tours de verre de la Très Grande Bibliothèque, le Très Gros Bidule, « livres ouverts », oui, mais *tournés vers l'intérieur, comme des machines autistiques*, voilà ce qu'il avait écrit ce jour-là. Autistique, un mot qu'il avait capté on ne sait où, puis dont il avait cherché la signification exacte dans un dico, acquisition toute récente, et qu'il avait soigneusement caché à tout le monde, comme tout ce qui concernait ses activités littéraires clandestines. L'émotion qui le submergeait alors lui criait qu'il était aussi neuf que le béton frais de la fin de siècle. Qu'il était là pour tout casser, que rien n'arrêterait sa course vers les sommets. Et pourtant, chose dont il ne s'expliquait pas l'origine, tous ses textes évoquaient après coup une forme de nostalgie pour un monde perdu, oublié, planqué dans les replis secrets de sa mémoire, et aussi de part et d'autre du paysage en pleine transformation, comme l'usine incinératrice d'Ivry, avec son look d'usine de science-fiction, dans une nuit postatomique, ultime survivante du cataclysme, derrière ses grilles de centrale soviétique interdite.

Le lendemain, il s'acheta un carnet et un vrai stylo, un Mont-Blanc tombé du camion, vendu sous le manteau dans une des cités. En fait, il s'offrit un lot entier, un petit carton qui en contenait une vingtaine, décidant qu'il en changerait chaque année, pendant autant d'années, donc... C'était quand, ça, putain ? L'année dernière ? Non, un peu plus, mais pas deux années pleines, non plus, merde, c'était quand ? L'hiver, c'était pendant l'hiver, janvier ou février de l'année précédente, il avait commencé à fixer de la blanche au printemps qui avait suivi, ouais, dix-huit mois auparavant. Un Mont-Blanc et demi, voilà le temps qu'avait duré le rêve.

Mais au fil des mois, il en avait rempli toutes les pages, de ce putain de carnet, et il en avait racheté un deuxième, puis un troisième, déjà à moitié plein... Où qu'il était ce foutu carnet ? Dans la boîte à gants, comme d'hab. Et voilà qui serait poilant, non ? De noter tes dernières impressions sur ton putain de carnet, hein, Willie ? Ton dernier souffle baveux et rouge de sang sur le beau papier vélin, t'as des goûts de luxe, maintenant, n'est-ce pas ?

Un jour, il s'était garé sur le quai Jules-Guesde, à Ivry, pas loin d'un bizarre pont en béton, à l'architecture anguleuse et tarabiscotée. Comme d'hab, il s'était fait un bon shoot et, après le flash, il s'était retrouvé à jeter des séquences de phrases impossibles sur les pages du carnet, avec une écriture de malade mental. Pas loin de là se trouvait l'hôpital des monuments de Paris, un grand entrepôt vieux de plus d'un siècle, à l'architecture mi-romane, mi-XIXe , où l'on entreposait tous les monuments de la Capitale appelés à être restaurés. Longtemps avant, lorsqu'ils étaient gosses, ils étaient parvenus à entrer clandestinement dans le bâtiment, un dimanche, avec Djamel déjà, et quelques autres, dont il se demandait au passage ce qu'ils étaient devenus – la taule ? le sida ? trois marmots dans un F 2 à Jean-Ccuzy ? C'est fou le nombre de solutions qui paraissent pires que la mort, même dans mon état, se dit-il.

Avec Djamel et les autres, ils avaient erré dans le statuaire plongé dans le clair-obscur en fumant quelques pétards, et ils avaient pissé sur la gueule immobile d'un général au nom inconnu, mais dont la tronche rappelait irrésistiblement celle du prof de maths au collège Jules-Vallès... Ce jour-là, après le fix, il avait décidé de se faire le plan en solo. Il avait escaladé le mur et retrouvé le soupirail qui leur avait à tous permis d'entrer des années auparavant.

Dans l'immense hall aux couleurs froides, comme dans une cathédrale, il s'était baladé d'une statue à l'autre, mais sous l'effet de la dope il s'était mis à délirer et à se persuader que les statues étaient vivantes, en particulier les femmes, et il s'était branlé contre une déesse grecque aux seins comme des obus d'albâtre.

Il était tombé amoureux de ce corps aux courbes pleines, au grain froid et dur, aux reflets marbrés dans la lumière matinale, un corps parfait, lourd et immobile, silencieux et généreux à la fois. Lorsque l'éjaculation s'était produite, il s'imaginait baiser la Vierge, et il avait joui de cette profanation, irrémédiablement, comme s'il s'agissait d'un acte sacré, surtout qu'elle avait pris la forme d'une nonne lubrique, souvenir d'un bouquin de BD pour adultes, transfigurée par une lumière surnaturelle. Plus tard, de ce fantasme, avaient surgi une douzaine de feuillets d'un texte érotique bizarre dans lequel les sœurs d'un ordre tantrique de l'espace décidaient de jouer de tous leurs secrets sexuels pour corrompre et définitivement maîtriser une riche famille propriétaire d'une lune tournant autour d'une planète minière, et qui s'opposait à leurs projets dans cette région de la galaxie. Une sorte de scénario. Il fit lire le truc à Simon, le jeune Feuj de l'étage du dessus, le seul qui avait été jusqu'au bac dans l'immeuble, et sans doute le seul de la cité à avoir fréquenté les amphis de la fac, mais celui-ci lui avait dit que son truc était à peine bon pour une vulgaire revue porno à deux ronds. Et qu'accumuler des scènes de cul les unes à la suite des autres ne ferait jamais une *bonne histoire*. Une bonne histoire, lui expliqua Simon, c'est le récit d'un antagonisme, le Bien le Mal, le Crime la Justice, le Rêve la Réalité, l'instinct de survie la pulsion de mort, tu vois ? Il avait pas vraiment vu, mais il avait vaguement hoché la tête. Simon était pas con, il avait plein de bouquins chez lui. Ce jour-là, il lui en refila une demi-douzaine. « Lis ça d'abord, au moins, si tu veux commencer à écrire. »

Les bouquins, Willie s'en souvient encore très bien. Il pourrait en réciter la liste, juste pour se prouver qu'il est vivant et que sa mémoire fonctionne. *L'Étranger*, d'Albert Camus, un vieux bouquin écorné du Livre de Poche, *La Métamorphose* d'un dénommé Kafka, même genre, *1984*, de George Orwell, *La Reine des Pommes*, d'un Blackos ricain du nom de Chester Himes, *Sanctuaire*, d'un Ricain sudiste du nom de Faulkner, et *Orange mécanique* d'un British qui était donc l'homme à la base du mythe qui courait dans les cités, depuis des mois, sous la forme de vidéos piratées, et d'allusions plus ou moins déguisées dans les chansons de rap des petits groupes du quartier. *J'suis l'Orange mécanique du docteur Burgess, J'suis prêt pour la nique – en état d'urgence. J'suis pas plus qu'une cible, dessinée sur le béton, j'suis comme un missile, J'suis la balle engagée dans le canon, J'suis imprévisible, J'suis la prochaine déflagration...*

Un jour, il croisa Simon dans l'ascenseur. Le jeune Tune lui demanda d'attendre deux minutes et il redescendit avec un bouquin à la couverture bariolée de teintes glauques. « Tiens, vu ce que t'écris, quand t'auras fini les autres, tu pourras te farcir çui-là. »

Le septième bouquin s'appelait *Cosmos privé*, d'un certain Philip José Farmer. Une collection de science-fiction.

Les livres de Simon rejoignirent le tas de bandes dessinées, comix américains, mangas japonais, westerns cochons italiens, qui s'entassaient dans des cartons à l'autre extrémité de la chambre. Puis ils se retrouvèrent sur le coin de son plumard.

Il s'avala les sept bouquins à la file, avec une boulimie insomniaque qu'il ne se connaissait pas. Il en arriva à sauter quelques shoots. Simon continua de l'approvisionner. Conrad, Dos Passos, Maupassant, Céline, d'autres trucs de science-fiction, et des polars américains, Chandler, Hammett. Il s'en avalait pas loin de dix par mois. Il se trimballait avec eux pour ses rancards, comme aujourd'hui *Les Possédés* de Dostoïevski, une toute nouvelle traduction, putain, qu'il avait à peine eu le temps de commencer. Quand il prenait le métro, quand il poireautait dans sa bagnole. Parfois même aux chiottes dans les boîtes, quand il en avait marre du boucan, des conversations éclatées et futiles et de ces gros connards de frimeurs des boîtes de disques à qui il fourguait la dope.

Puis il décida de reprendre son récit de fantaisie porno.

Il mit quelques mois pour clore le récit, en une bonne centaine de pages, un exploit, écrites à part sur des feuilles au format A 4, rassemblées dans un dossier. Des nuits blanches de boulot.

Il avait mis le mot « fin » une semaine auparavant. Ah ! putain, ça le ferait presque rigoler.

Peut-être quelqu'un allait-il tomber sur le manuscrit ? Un flic, sûrement, au moment de la fouille de son appartement officiel, à la cité, après le constat post mortem

« C'est quoi ce foutoir sous le plumard ?

— Des feuilles, chef, des espèces de notes, comme un bouquin qu'on dirait, chef, v'savez un bouquin qu'est pas encore imprimé.

— Un manuscrit, ducon. Embarquez-moi ça avec le reste, p'têt' qu'y a des noms là-dedans... »

Ah ! ça, des noms y en avait. Z'allaient être servis, les poulets. Des noms comme sœur Indy Santa Maria Herzegowa, une créature qu'il avait imaginée en mélangeant les traits, les identités et les formes de plusieurs mannequins, des tops, captées sur les couvertures des magazines de mode. Très Sainte Sœur Herzegowa, maîtresse du neuvième niveau dans les sciences du contrôle psychosexuel. Et aussi Jane Carter de Splitz, fille héritière de la famille des aristocrates de la planète minière. Dépravée, cruelle, sanguinaire, elle s'avère l'instrument nécessaire aux peuples du système du Pulsar du Cygne, pour les libérer du despotisme sexuel d'Herzegowa et de sa Mission.

Jane Carter de Splitz est initiée par Juliette Zorn, une sorcière transfuge de l'ordre, afin d'envoûter les membres de sa famille, et briser ainsi la chaîne de servitudes sexuelles qui en font les sujets des maîtresses de l'ordre. Tout ça avant l'affrontement inévitable avec Herzegowa, séductrice de sa famille, puis avec Vivian/Alan Wong III, Grande Maîtresse de l'ordre dans la région du Pulsar, être androgyne, parfaitement perverse et polymorphe, et vivant entourée de ses animaux hybrides, et lubriques.

« Rites initiatiques dans la perspective du pouvoir, inceste, lesbianisme, sadomasochisme, zoophilie, violence, magie, c'est parfaitement immoral, avait dit Simon, mais j'crois que c'est un bon bouquin. J'me demande même d'où tu sors tout ça. J't'ai fait lire Sade ? »

Non, mais il lui semblait bien avoir lu un jour une BD porno japonaise qui prétendait s'inspirer de ce mec, avait-il répondu, ne déclenchant qu'une moue dubitative sur le visage de Simon.

Y avait quelques scènes de bravoure dont il était assez fier, faut dire, comme celle où Jane Carter de Splitz se tape les ninjas de la garde rapprochée de son propre père, dans une séquence de gang-bang en gravité zéro qui l'avait proprement exténué lors de sa rédaction.

Pour sûr que les flics ils s'en feraient des copies.

Si t'étais pas si feignant, t'aurais même pu faire le truc à l'américaine, en deux ou trois tomes, une vraie saga, cinq ou six cents pages, lui avait dit Simon.

Cinq ou six cents pages, non, mais t'es malade ? qu'il lui avait répondu en rigolant et en roulant un cône de skunk mélangée à de l'héro.

Simon, regarde où ce que j'en serais, aujourd'hui, avec une putain de saga porno même pas terminée, alors que là, merde, j's'rai p'têt' publié à titre posthume, un jeune auteur plein d'avenir se le prend en pleine poire, la cruelle réalité des banlieues rattrape un écrivain en herbe, avec une émission nécro comme pour Cyril Collard... Mais non, arrête de délirer, pauvre naze, à peine cinq lignes dans *Le Parisien* Val-de-Marne, et ce serait un miracle si une maison d'édition quelconque acceptait de prendre un manuscrit aussi craignos, non mais, des nonnes salopes de l'espace et une jeune « quadrillionnaire » perverse s'affrontant dans une compétition de débauches et de vice ? Qu'est-ce que tu crois ? Que Tabatha Cash siège au jury du Goncourt ?...

Alors, quoi ? Ça se terminerait comme ça ? Son manus serait rangé avec les autres pièces à conviction dans un tiroir métallique avec juste son nom écrit sur une étiquette ? Un sale tiroir de flic, dans un meuble métallique de flic, n'importe où, commissariat de Vitry, Nulle-Part-sur-Seine ?

Ouais. Enterré lui aussi. Direct au fond du trou.

Avec un nouveau titre : *Règlement de comptes entre dealers*.

Et un drôle de résumé en quatrième de couverture :

Cas non résolu.

Affaire classée.

Putain.

Enculés.

À un moment donné, il se met à pleuvoir. Putain, c'est trop, pourquoi qu'il flotte comme ça à l'intérieur de la bagnole ? La capote est peut-être relevée, on s'est fait surprendre par l'orage, c'est tout. Puis il réalise qu'il est pas dans le coupé BMW au bord de la côte, qu'il est toujours dans ce cauchemar, tout seul, en train de crever sur ce tronçon désert de l'autoroute, dans sa vieille Golf pourrie.

Avec toujours cette musique de merde gueulée par l'autoradio. Alors, qu'il pleuve à l'intérieur de la caisse, après tout, il s'en fout. Il peut bien tomber le Déluge sur toute cette merde, tout ce qu'il voudrait c'est que la bagnole éteigne cette saloperie de radio, et démarre toute seule pour prendre la direction de la clinique la plus proche, juste comme ça, parce qu'en fait ce serait super si les voitures étaient intelligentes, comme les chevaux l'étaient, avant, à l'époque des westerns et du Moyen Âge. Ce serait bien le moins, en ces époques troublées, des bagnoles blindées, surarmées et pilotées par des intelligences artificielles, qui pourraient piger la situation, genre K 2000, comme maintenant, bordel, écoute-moi, salope de bagnole pourrie, démarre tes soupapes, remue-toi le cul et conduis-moi à l'hosto, putain, sans quoi je vais crever ici, putain, crever ici comme un chien merde c'est pas possible je vais pas crever ici comme un chien c'est pas possible...

C'est presque comme s'il s'endormait.

Il s'évanouit à nouveau.

L'autoradio continue de déverser son torrent de décibels dans la nuit, imperturbable.

Un matin, alors qu'il n'était encore qu'un môme, il s'était rendu au collège avec un bouquin dérobé à son frère. Un truc de BD pour adultes, style aventures cochonnes dans la jungle, et il l'avait lu pendant le cours de maths, jusqu'à ce qu'il se fasse serrer, évidemment. Le vieux pingouin s'était saisi de la revue et l'avait agitée devant son nez, puis l'avait feuilletée, et au final en avait montré le contenu à toute la classe, en miaulant de sa voix de castrat : « Voilà qui plaira à madame votre professeur de français, voilà qui plaira à madame votre professeur de français. » La prof avait moyennement apprécié, pour sûr, mais c'était surtout le proviseur, un gros patatouf assez vicelard, qui s'était montré assez peu convaincu par ses lectures.

Ça avait gueulé sec dans le bureau. Lui et sa secrétaire s'y étaient mis de concert, genre Gestapo, petit fumier, salopard, vicieux, finira par montrer sa quéquette aux petites filles à la sortie des écoles, vais t'apprendre, moi, à lire ces saloperies, devrait être envoyé en camp de rééducation comme en URSS, dans le bon vieux temps, parfaitement, petit salopiot, plus de morale, tous drogués et obsédés, finirez tous à l'ANPE, ou mieux au cachot, tout ce que vous méritez...

Il avait juste fait le gros dos, attendant que l'orage passe, comme avec son vieux, quand il se mettait à péter un boulon, à cause de l'alcool. Il s'en foutait complètement, des tirades à la con du protal et de sa secrétaire de merde ; la seule chose qu'il pigeait pas très bien, c'est pourquoi on l'engueulait parce qu'il lisait un bouquin, alors que les profs passaient leur temps à les accuser de pas vouloir lire... C'était rigolo cette histoire d'aventurier perdu dans la jungle, devenant l'enjeu de deux tribus rivales d'amazones, des noires et des blanches. Il finissait par faire régner la paix sur l'île et initiait une nouvelle génération, métissée. Merde, il avait eu envie de gueuler, à un moment donné, alors que ça n'arrêtait pas, va nous faire huit bonnes heures de colle, ce p'tit salopard, et ça lui vaudra aussi un avertissement, pour faire bonne mesure, mais merde, s'était-il empêché de hurler, elle est super cette histoire, moi j'aimerais bien que ça m'arrive ce truc, avec Djemila, la cousine de Djamel, encore plus belle que sa frangine, mais pas une vulgaire salope comme Radiah, qui suce jusqu'aux Combattants, non Djemila, c'est une princesse, comme une amazone métisse seconde génération, celles qui apparaissent à la fin du bouquin, ah ! putain, et y avait aussi les sœurs Kendala, des blacks, des Nigérianes, non ? En quatrième seulement. Bon Dieu, des gazelles noires, avec leurs seins comme des obus tournés vers le ciel, leurs petits culs ronds tendus à l'extrémité de cambrures affolantes, mais qu'est-ce qu'il pouvait y avoir de mal à ça ?

Il arrivait tout simplement pas à s'avaler les bouquins que les profs essayaient de leur faire ingurgiter de force, comme des oies qu'on gave. C'était peut-être à cause du bruit de la télé qui gueulait dans l'appart, des engueulades entre le vieux et la mère, à cause du stress de l'école, du boucan, des profs, agressifs, hautains, du béton triste des bâtiments, analogues à ceux de la cité. Les mêmes couloirs au crépi vert pisseux, les chiottes déglinguées.

Mais les westerns, *Kit Carson, Texas Rangers*, les BD italiennes de guerre, *Commando, Patrol*, les comix américains, *Strange, Marvel, Nova, Titans*, les *Akim-Color*, les *Zembla*, ça, y en avait des cartons pleins dans la chambre de son frangin. C'est cette année-là qu'il était parti au service, le frangin. Engagé volontaire, le con, juste histoire de se tanner le cuir et de fuir la baraque, et le vieux, avec ses gueulantes de poivrot.

Lui, du coup, il s'était retrouvé en possession des cartons remplis de BD, dont des trucs carrément cochons, qui étaient entrés clando ; le vieux, lui non plus c'était pas le genre à rigoler avec ces trucs-là.

Il sait pas trop comment, mais il était arrivé à passer dans une seconde technique, au lycée Jean-Macé. Il détesta tout de suite les cours de commerce, et il passa sa seconde à lire des comix et quelques bouquins de gare qu'il tirait régulièrement dans les bacs de la libraire, à la station de RER. À la fin de l'année, on lui signifia qu'il redoublait, seconde chance offerte à cause de ses résultats corrects en français et en histoire-géo. Notions de politique internationale rassemblées au fil des lectures de SAS et d'autres bouquins d'espionnage (il avait soufflé le prof, et la classe entière, en lui sortant les capitales de l'Ouzbékistan, du Tadjikistan et du Turkménistan à la file, Tachkent, Douchanbe, Ashkhabad, comme ça, tranquille).

Seconde chance, tu parles ! Il prit ça comme une seconde mort.

Fallait qu'il se décide à bosser dur, qu'ils disaient.

Il glanda tout l'été, et commença à fumer des cônes dans les caves de la cité, avec Djamel et les autres. Il ingurgita des tonnes de bandes dessinées et de petits romans Fleuve Noir. Il se mit à se brancher sérieux sur la musique, rap, funk, punk-rock. Et il approfondit le seul sujet qui l'attirait vraiment.

Radiah, la sœur de Djamel, le dépucela fort bien, lui montrant toute l'expérience qu'elle avait acquise depuis son année de sixième.

Réconforté, plein d'une nouvelle assurance, il passa ses après-midi à draguer les gonzesses au centre Youri Gagarine, ou dans le centre-ville, aux alentours du Katy's Burger.

Au mois d'août, ses vieux décidèrent de descendre dans le Lot, dans leur baraque de merde, et lui, il avait pas voulu les accompagner. Son frangin, qui était en perm à ce moment-là, prit sa défense et s'interposa devant le vieux qui voulait lui flanquer une rouste. Le frangin, il était dans les fusiliers marins, ça lui avait donné de l'assurance à lui aussi. Il avait fait comprendre au vieux que ce serait pas plus mal si Willie restait pendant qu'ils seraient barrés en vacances, et lui à l'armée ; la cité était de moins en moins sûre, Willie connaissait tout le monde, ici, il saurait veiller sur l'appartement... Le vieux avait accepté, en disant qu'il s'en foutait de toute façon, mais que ça avait intérêt à être nickel quand il rentrerait. Lui et la mère s'étaient cassés le lendemain. Le frangin était reparti pour Toulon, en lui laissant plusieurs boîtes de capotes et quelques biftons de cent balles.

Il était resté tout seul dans l'appart.

Il avait vite transformé le F 3 en un baisodrome parfaitement opérationnel. Lumières sympas, bonne zique, bon teuche, grâce au grand frère de Djamel, et à Marco. Des meufs, et des bonnes, durant l'année, suffisait de connaître les heures d'entrée et de sortie des gros bahuts de la région. Dans le même coin, à Vitry, y a trois bahuts qui se touchent presque. Jean-Macé, Romain-Rolland, Carrières. Les rades du coin, entre midi et deux, ça fait des années qu'ils affichent complet. Le gros proprio du Saint-Christophe, il s'est engraissé sur deux générations de lycéens, paraît qu'il est là depuis le milieu des années soixante-dix, et qu'il a finalement acheté tout l'immeuble.

Mais au mois d'août, toutes les petites bourges sont sur une plage quelconque, à se faire bronzer leurs petits culs sous le soleil de la Méditerranée. Ne restent que les survivantes, les rescapées de l'ennui, les gonzesses des cités.

Il avait jamais pu se faire Djemila, qui passait brillamment en première scientifique à Romain-Rolland, mais il s'était emballé une des jumelles Kendala, il pourrait même plus dire laquelle, et aussi deux ou trois gauloises, comme lui, quoique l'une d'entre elles était d'origine espagnole, non ?...

Ah ! putain, là aussi tout semblait se dérouler comme dans un rêve.

Puis, le jour de la rentrée, le truc était arrivé.

Juste un peu avant, pour situer, il avait reçu un télégramme de son frangin l'informant qu'il avait une perm exceptionnelle, qu'il montait dans le Lot, et qu'il déboulait avec les vieux dans le week-end qui précédait la rentrée. Inutile de dire que tout devait paraître *normal*.

Il avait tout cleané, l'après-midi même. Puis il avait attendu leur retour.

Le lundi matin, quand il s'était réveillé, il s'était rendu compte tout de suite qu'il n'y avait personne d'autre que lui dans l'appartement. Tant mieux, il avait pensé, ça fera un petit déjeuner sans le vieux en train de tisaner sa bibine du matin devant moi.

Il se rendit au lycée Jean-Macé, pour le premier jour de rentrée, une simple matinée consacrée aux tâches administratives.

Il avait ensuite passé l'heure du déjeuner dans la petite croissanterie qui s'était ouverte à côté du Saint-Christophe. Il avait essayé de se brancher Juliette, une petite Feuj qu'il avait repérée l'année dernière, et qui était passée en première, à Romain-Rolland, mais ça foira.

En rentrant chez lui par le bus 182, vers deux heures, il avait ouvert un de ses petits bouquins de gare, *SAS, L'Implacable, Blade*, ou un autre, mais il n'était pas parvenu à se concentrer. L'histoire lui sembla creuse, inintéressante. Il referma le bouquin et se demanda un instant si le vieux avait préféré rentrer au matin, après la cohue, lui qui gueulait tout le temps en bagnole. Arrivé à la cité, Djamel vint le voir pour lui dire que les keufs l'attendaient, là-haut, à l'étage.

Willie lui avait demandé ce que les keufs lui voulaient et Djamel lui avait répondu qu'il en savait rien.

Ils étaient deux, les poulets, un mec costaud, genre flicard à qui on la fait pas, et un petit jeunot court sur pattes, avec un costume horrible. Willie avait réprimé un infime tremblement en les voyant. Ils avaient l'air hyper-sérieux, drôlement tendus.

Surtout le courtaud avec les fringues de naze.

Le premier lui avait demandé : « C'est toi le jeune Le Guen ?

— Ouais, c'est moi, qu'il avait crânement répondu.

— Bon, ben, mon garçon, j'aimerais que tu entres et que tu t'assoies.

— Qu'est-ce que j'ai fait ?

— T'as rien fait. C'est nous, faut qu'on te dise quelque chose, fit le second.

— Qu'est-ce qu'y faut qu'vous me disiez ?

— Entre, et assieds-toi, on va t'expliquer », fit le premier.

Il était entré, les flics sur les talons, puis il les avait précédés dans le salon et s'était assis sur le divan. Il sentait quelque chose d'obscur se profiler à l'horizon, sans deviner de quoi il s'agissait.

Le premier flic s'assit en face de lui, solide gaillard aux yeux bleus, froids comme des cristaux, qui le transperçaient de part en part.

« Bon, ben, mon p'tit gars, lâcha-t-il, faut qu'tu sois courageux... Tes parents se sont tués cette nuit, sur l'autoroute, près de Versailles.

— Mon pauv'gars... » avait fait le second, derrière lui.

Sur le moment, il n'y avait eu qu'un grand calme en lui. Comme l'instant de suspens avant le déchaînement du cyclone. Une énorme voix intérieure hurla alors, comme un avion au décollage.

« Mon frère ? » avait-il simplement lâché, d'une voix de môme, toute petite, toute blanche, au flic dont les yeux bleus auraient pu être des billes d'acier fixées sur lui.

« Ton frère aussi, avait répondu le flic.

— Mon pauv'gars », avait refait le second.

Il était pas devenu dealer tout de suite. Les vieux avaient souscrit une police d'assurance-vie, il avait de quoi payer le loyer et survivre pendant quelques années. Mais évidemment, il ne termina pas sa deuxième seconde, comme une sorte d'impossibilité mathématique. La lecture des BD et des romans de gare ne lui procurait plus qu'ennui et insatisfaction. Pire, ils étaient rattachés à l'existence du frangin, qu'il fallait oublier, impérativement, juste serrer les dents et oublier. Les bouquins se retrouvèrent dans un placard. Il se mit à zoner, et à sniffer de la poudre. Il rencontra alors un gus, l'année où il aurait dû passer le bac, normalement. Un demi-grossiste vivant dans une cité d'Ivry qui le brancha ; il cherchait un type pour arroser en sachets de un à dix G. Drepou juste correcte, mais prix canon. À ce prix-là, qu'il avait répondu, j'fournis ta came à chaque étage de chaque immeuble de la cité.

Il fit ça pour payer ses sniffs et la beu, et aussi parce qu'il s'emmerdait. C'était excitant. Ça pouvait rapporter gros, dans les deux sens du terme. Mais il était malin, il s'en sortirait.

Ouais, sauf que pendant qu'il grimpait peu à peu les échelons de la néo-bourgeoisie de la came, puis qu'il s'offrait le luxe de vouloir devenir écrivain, accro dernier degré à sa propre dope, il voyait même plus net, il se rendait même pas compte qu'il commençait à en chauffer sérieux quelques-uns, parce qu'il offrait vraiment de la bonne, et à des prix discounts.

Les Kabyles, faut pas les chatouiller longtemps avant qu'ils se mettent à vous faire un sourire à la mode de chez eux.

Il aurait jamais dû fournir les types d'Amédée-Huon, à Ivry.

Toujours été un territoire des frérots, ça.

Au moment où il se dit ça, Willie se rend compte qu'il est réveillé. C'est dingue, voilà maintenant qu'il se rend même plus compte quand il se réveille. Il est dans un état intermédiaire, entre l'évanouissement et la conscience, ça oscille tout le temps.

C'est fou comme ça oscille.

Et ce putain d'autoradio qui veut toujours pas la boucler.

Maintenant, il conduit le splendide coupé M 3 sur une route au bord de la mer. Une corniche domine un ventre bleu qui s'étend à l'infini, le ventre se soulève et s'abaisse comme la respiration d'une femme enceinte. C'est ça qui oscille.

Parfois, dans le ciel, un nuage fait une cabriole de cirque et des rires de jeunes filles tintent dans l'air, comme de minuscules collisions de cristal.

C'est super, comme rêve.

Il roule, dans la lumière dorée du soleil, et il lui semble qu'il y a quelqu'un sur le siège passager, mais à chaque fois qu'il tourne la tête il a juste le temps d'apercevoir une vague silhouette féminine, et son regard tombe sur le vide, le ciel énorme sur la mer, avec une lune tout aussi énorme, une lune qui tourne comme un ballon de foot géant.

Ah ! ça y est, c'est bizarre, il a l'impression d'arriver à un endroit vachement important, c'est comme s'il faisait nuit, soudainement, et la corniche se jette par-dessus le ventre de la mer, comme un pont géant qui fuse jusqu'à l'horizon. Quand il arrive dessus, ça devient l'échangeur du carrefour Pompadour et l'océan devient une réplique de la ville, au-dessus de laquelle il roule, sur un pont qui n'en finit pas.

La forme féminine se cristallise à ses côtés, il aperçoit des jambes gainées d'un tissu arachnéen, de bon augure.

Lorsqu'il se tourne vers elle, il reconnaît Jane Carter de Splitz, son héroïne de porn-fantasy, la femme aux cheveux de cristal, la quadrillionnaire vampire, la chasseuse d'hommes.

Tout autour d'eux, ça devient comme une fête foraine, avec les enseignes de la zone commerciale, Bricorama, Atlas, Décathlon, Tousalon, Meublexpo, il lui semble apercevoir Simon, jetant les pages d'un manuscrit du haut d'une Grande Roue Leroy-Merlin, hurlant quelque chose qu'il n'entend pas, mais dont il devine le sens.

Jane Carter fait chanter ses cheveux de cristal, son arme secrète, comme dans la séquence où elle séduit son jeune frère et son père, et c'est marrant, on dirait qu'il flotte toujours dans la bagnole, pourtant il a l'air de faire beau, ici, au bord de la mer, avec une créature sortie direct de son propre cerveau, sûr que c'est pas naturel comme expérience, dû tirer sur un drôle de pétard, j'aurais pris un acide ? Merde, je m'en rappelle pas...

Jane Carter lui susurre un truc dans une langue qu'il ne comprend pas, mais la mimique expressive qu'il lit sur ses lèvres lui fait entrevoir la suite, qui se forme aussitôt.

Jane Carter se met à le sucer, consciencieusement, avec l'application d'une vampire femelle initiée aux sciences érotiques interdites. Son sexe devient un drôle d'objet lumineux et les yeux de Jane Carter deviennent des globes verts, extrêmement lumineux eux aussi.

Ce n'est pas normal, ça, c'est sûr, mais c'est drôlement bien. Est-ce qu'il arrivera jamais à décrire une expérience aussi simple qu'une bonne pipe ? Est-ce que c'est normal qu'il se sente si léger ? Gonflé à l'hélium ?

Et c'est marrant, ça, c'est comme s'il se voyait sur la banquette, comme s'il était scotché sur un coin du rétroviseur, mais ce qu'il y a de moins rigolo, c'est qu'il a l'air tout seul sur cette putain de banquette, où qu'elle est passée Carter de Splitz ? Et qu'est-ce qu'il a l'air mal, merde, tout ce sang qui inonde son corps et le cuir de la banquette, c'est dégueulasse, qu'est-ce qu'il a ? Bourré, m'suis mis à gerber, m'suis arrêté au bord de l'autoroute, ai dû prendre trop de saloperie, putain, j'étais sûrement à une teuf avec Djamel et son frangin, z'ont dû m'faire bouffer d'leur saloperie de LSD, c'est ça, dois être sous trip, sûrement ça... Bordel, mais qui c'est qui va arrêter cette musique de merde ?

Ah ! ça, et c'est quoi ces voix ?

Djamel ? Marco ? C'est vous ? hein ? Ouais, ouais, ça va, mais retirez-moi de cette saloperie de caisse pourrie, et pourquoi que j'vous vois comme des anges de lumière ? Et c'est normal, ça, Carter de Splitz en vieille momie édentée suçant un membre flasque ? C'est une blague, ou c'est le mauvais trip ? C'est ça, hein ? Et vous pouvez me dire ce que je branle ici, sur ce putain de tronçon en construction ? Hein ? Et qui c'est qui peut me dire pourquoi que mon frangin y est passé avec ce vieux connard, comme la pauv' mère ? Hein ? Et pourquoi que toute cette merde clignote tout autour ? Comme si je comprenais pas que j'étais en train d'y passer...

Ça clignote de partout, mais il sait ce que ça cache, toute cette débauche de lumières et de séduction, cette vérité est fulgurante, et tout aussi fulgurante la compréhension de tout ce que ça implique, et du fait que cette vérité est la toute dernière, comme cette vieille sorcière de Jane Carter, dont la jeunesse artificielle, vampirique, vient de lui apparaître au grand jour, en une microseconde d'apparition grimaçante.

Son dernier regard lucide se polarise sur un carré de ciel pourpre, avec la toupie lumineuse d'un projecteur de l'autoroute en bas à droite. L'image est vachement belle.

Les voix et les anges sont partis.

Il est seul, et la musique continue de gueuler à plein tube.

Y en a pas un d'entre vous qui veut éteindre l'autoradio ? Dites, les gars ? Hein ?

Personne voudrait éteindre l'autoradio ?

Initialement paru *in*
Paris Rive Noire,
collectif, Autrement, 1996.

Entretien avec Maurice G. Dantec

L'influence de la science-fiction et du polar semble particulièrement centrale dans vos nouvelles. Comment avez-vous découvert ces univers ? À quel point ces cultures ont-elles forgé votre monde littéraire ?

J'ai découvert le roman noir et la science-fiction par ce qui est je pense leur origine commune, soit la littérature fantastique du XIXe siècle : vers 12 ou 13 ans, je cite dans le désordre, j'ai découvert en bibliothèque *Le Moine* de Lewis, *Frankenstein* de Mary Shelley, *Dracula* de Bram Stoker, les récits d'Edgar Allan Poe, de Gustave le Rouge ou de Villiers de l'Isle Adam, la poésie de Baudelaire, puis il y a eu Lautréamont, et Lovecraft. De là, très vite, dès mon année de cinquième en fait, je me suis mis à lire de la science-fiction « traditionnelle » (celle des Trente Glorieuses du genre : années trente, quarante, cinquante), de Van Vogt à Huxley, de Heinlein à Orwell, de Poul Anderson à Jack Vance, puis je suis passé, vers le milieu des années soixante-dix, aux écrivains de la *fiction spéculative* – comme la dénommait Ballard –, dont lui-même et bien sûr Dick, Moorcock, Sturgeon, Disch, Silverberg, Farmer, Spinrad, Brunner, Zelazny, Watson, Herbert, Ellison... Sans compter les écrivains qui étaient « connexes » au genre, comme Burroughs, Burgess, ou même Borges. Tous de très grands auteurs, et parmi eux, quelques génies. Ce fut une époque assez incroyable sur le plan de la profusion et de l'inventivité.

Enfin, au milieu des années quatre-vingt, après avoir abandonné le genre pendant une demi-douzaine d'années (ne se publiaient plus que de l'heroic fantasy et du space opera vaguement renouvelés, ou alors de fort mauvais brûlots écolo-radicaux), je suis tombé sur *Neuromancien*, de William Gibson. J'ai tout de suite réalisé à quel point son univers s'impactait profondément dans mon système nerveux central – si je puis dire. Jamais un ouvrage de science-fiction ne m'avait à la fois paru si étrange et si proche, et j'ai compris que c'était parce qu'il dépeignait toute l'étrangeté d'une époque si proche qu'elle est maintenant la nôtre.
Et surtout, cela me permettra une transition, parce qu'il combinait très subtilement les narrations du roman noir avec les univers technologiques et sociopolitiques d'un futurisme sans compromis.
Avec le roman noir, donc, en ce qui me concerne, j'ai suivi – comme avec le genre « fantastique » – une suite d'étapes, assez banales, je dirais, par leur classicisme : après Conan Doyle et Agatha Christie, j'ai commencé par la Série Noire de l'âge d'or, Chandler, Hammett, Irish, Thomson, Stark, Goodis, plus un ou deux francophones comme Manchette et Ryck. Je lisais également Graham Greene et John Le Carré. Puis je me suis désintéressé du genre à la fin des années soixante-dix, début des années quatre-vingt, là aussi, quand le néo-polar gauchiste s'est engouffré dans la brèche singulière que Manchette avait ouverte.
Mais en 1986, ou 1987, je suis tombé sur un livre de James Ellroy, c'était *Lune sanglante*, je me souviens encore du choc de ma lecture, puis après ce fut *Le Grand Nulle Part* et *Le Dahlia noir*, deux chefs-d'œuvre absolus du genre.
Là encore, je savais que cet écrivain était parvenu à ouvrir la boîte de Pandore qui sommeillait en moi, je m'intéressais déjà aux psychopathologies criminelles, aux tueurs en série, aux catalogues des atrocités humaines, et ce depuis les années soixante-dix, grâce à Ellroy j'ai compris comment on pouvait renouveler le récit de « terreur » en se servant de ce que la Technique-Monde du XXe siècle nous a légué (criminologie scientifique, assassinats planifiés, sexualité démonique, violence urbaine, décomposition du politique et de la culture).
J'avais bien sûr des « dieux » littéraires avant eux, si vous me passez l'expression, des romanciers comme Kafka, Dostoïevski, Conrad, Dos

Passos, Faulkner, ou bien Stendhal, Flaubert, Céline, Lautréamont, Balzac, mais précisément ils étaient pour moi, et ils le restent, des figures totalement inatteignables, hors de portée, je veux dire : hors de portée comme modèles d'écriture. Certes leurs livres m'avaient ébloui, voire proprement terrassé (comme les romans de Dostoïevski), mais ils me semblaient graviter dans des sphères analogues à celles où, en musique, orbitent des figures tutélaires comme Bach, Mozart, Beethoven, Wagner, Stravinsky...
J'ai envisagé le « polar » et la « SF » comme des appendices particuliers de la « pop culture », la culture du XXe siècle, et lorsque j'ai décidé de me les approprier, je savais que je reproduisais une attitude similaire à celle que j'avais choisie lors de l'explosion du punk-rock en 1977-1978.

Après avoir été traité de « cybernaute », vous dites avoir justement voulu faire une littérature « pop ». Qu'entendez-vous par ce terme ?

On ne se défait malheureusement jamais tout à fait d'une étiquette, dans les doigts poisseux de la critique contemporaine, cela devient pire que de la glu.
Avec le terme de « pop », j'ai sans doute donné le bâton pour me faire battre comme plâtre, car désormais le mot « pop », en l'an 2000, correspond à un certain style « jeune », « cool », un peu le genre de niaiseries qu'on entend sur les radios, d'un bord à l'autre de l'océan, et qui usurpent (on ne sait comment – il suffit d'écouter Aretha Franklin ou Wilson Pickett) le nom de « R'n'B ».
Je faisais référence à un vocabulaire des années soixante, trop daté, en effet. Je ne pouvais pas employer le terme « beat », ni « psychédélique », précisément pour cette raison, et parce qu'ils faisaient référence à des mouvements littéraires ou musicaux établis, or je me suis souvenu qu'un jour Richard Pinhas (*ndlr* : musicien et philosophe) m'avait dit que Gilles Deleuze se considérait lui-même comme un « philosophe pop ». Cela ne signifiait pas « populaire » en fait, cela indiquait plutôt l'idée d'un dandysme anti-bourgeois-moderne (ce bourgeois cultivé et contestataire qu'on voit toujours à la recherche de « valeurs culturelles » d'autant plus « élitistes » que sa vie est désespérément plate), si j'avais dit « littérature

rock », là encore cela aurait prêté à confusion, mais en fait, je crois que je devrais me contenter de dire que j'écris de la littérature NOIRE.

Comment décririez-vous le paysage polar français actuel ? Et celui de la science-fiction ?

J'ai l'impression que depuis peu les choses les plus intéressantes proviennent des marges de chacun de ces genres, tout autant que de celles de la littérature qu'on a un peu hâtivement dénommée « générale » ou « blanche ». Quelque chose semble se mouvoir à leur interface, traçant un territoire assez neuf, une sorte de « fiction critique de la technique-monde », qui repart à partir de là où la speculative fiction s'est malheureusement arrêtée, vers 1980.
La « science-fiction » ou le « polar » français sont à l'image de toute la littérature nationale contemporaine : à l'exception de ces quelques romans « obliques », souvent écrits par de très jeunes gens, c'est le règne du conformisme contestataire, de l'humanisme néo-transgressif, du néo-sentimentalisme universel.

Pensez-vous avoir réussi à dynamiter, au moins pour vous-même, les frontières trop artificielles de la littérature blanche et du polar, genre beaucoup moins fréquentable ? Que reste-t-il à faire en ce sens ?

En littérature, comme dans la vie j'imagine, tout, toujours, reste à faire.

Qu'est-ce qu'un bon novelliste ?

Borges.

Dans « THX Baby », on retrouve une thématique assez présente dans votre œuvre, celle de la drogue comme programme neuronal « externe ». Entrevoyez-vous l'usage des drogues synthétiques à la manière d'un Timothy Leary, c'est-à-dire comme un programme informatique ?

Oui, mais en précisant tout de suite qu'il s'agit d'une métaphore. Car le cerveau N'EST PAS un ordinateur biologique plus « sophistiqué » que les machines à silicium, si c'était le cas, le moindre d'entre nous pourrait flanquer une pile à Deep Blue (*ndlr* : ordinateur dopé à l'intelligence artificielle construit au milieu des années quatre-vingt-dix pour gagner aux échecs face aux plus grands maîtres) en un blitz de dix minutes.

Et ce que « THX Baby » signale, c'est qu'une « connexion » purement « biotechnologique » avec la Toute-Puissance Divine reste un simulacre. Cela dit, ce simulacre n'est pas indigne d'intérêt, bien au contraire. Et « intérêt » y compris au sens financier, comme la fin du récit l'indique.

Mais il n'est en tout cas sûrement pas anodin de constater que l'invention du LSD est contemporaine de celle de l'ordinateur. Et je voudrais rappeler ici ce que je ne cesse de dire depuis qu'on me questionne sur le sujet : les « drogues », c'est-à-dire les « logiciels neuronaux » selon notre métaphore, sont des instrument dont la dangerosité et la puissance s'apparentent à celles des armes de destruction massive. Il ne faut pas oublier en effet que l'ordinateur est né non seulement de l'entreprise de déchiffrage des codes secrets de l'armée allemande, mais plus encore de la formidable machinerie techno-scientifique du projet Manhattan, de la fabrication de la bombe atomique.

Quant au LSD, il est né, comme vous le savez, de recherches conduites par Sandoz pour le compte du Pentagone, afin de produire des gaz de combat non létaux.

Nous ne savons RIEN des puissances du Logos, cachées dans quelque architecture secrète de notre cortex, nous ne savons même rien, ou à peu près (ce qui peut s'avérer bien pire), des fonctionnements dits les plus « normaux » de notre cerveau. Les modèles « cognitifs » biologistes, qui réduisent le système nerveux central à un « réseau de neurones », sont dans l'impasse la plus totale. Le fait que nos « drogues » soient encore des « joujoux » (comme la bombe atomique elle-même l'est, en fait) montre à quel degré d'évolution nous sommes rendus, puisque nous sommes incapables de maîtriser convenablement ces techniques, alors qu'en revanche, aujourd'hui, la technique de reformatage des pensées et de refabrication du monde (et du « vivant ») assoit définitivement son emprise sur nos corps, nos cellules, et nos langages.

Dans « Quand clignote la mort électrique », votre personnage est un dealer de banlieue qui s'échappe du quotidien par la littérature et le savoir. Vous présentez, alors, la banlieue parisienne comme une zone de guérilla potentielle, idée que vous reprendrez par la suite dans votre roman *Villa vortex*...

Je préfère ne pas m'étendre sur ce sujet. La violence urbaine que l'on connaît en France, sous toutes ses formes, n'est pas un « problème de société » que l'on réglera avec des législations, des flics, un poil d'urbanisme ou des Alexandre Jardin. Il s'agit du signe terminal de la fin d'une civilisation, car il témoigne non seulement du fait que le soi-disant « État républicain » est dans l'incapacité totale de maîtriser son futur (car le « présent » n'est rien d'autre que la plus grosse « bulle phantasmatico-politique » de toute l'histoire de cette nation, pourtant peu avare en la matière) mais plus encore qu'il a entièrement éradiqué des consciences son passé, soit mille cinq cents ans d'histoire, pour le compte de l'humanitarisme post-moderne bruxellois, qui dirige quatre cent cinquante millions d'Européens vers une nouvelle guerre civile continentale.
Le 11 septembre 2001 a également marqué la fin de la post-modernité, d'une certaine manière on pourrait dire la fin de la fin de l'histoire, ce qui ne signifie pas pour autant le retour à « l'histoire », telle que nous l'avions connue jusque vers 1945-1968. Je m'empresse d'ajouter : c'est surtout la fin de l'Europe.

Un de vos textes courts devait être le préambule à un roman qui n'a jamais vu le jour. Pourquoi ? Quel en était le postulat ? Avez-vous ensuite réalisé le tournant opéré par *Babylon Babies* ?

J'avais eu comme projet, après *Les Racines du mal*, de tirer un roman de la nouvelle *Là où tombent les anges*, parue en septembre 1995 dans *Le Monde*. Or, j'avais très mal prévu le coup, et j'ai compris, au bout d'un an de travail acharné, que cela ne servait, mais alors vraiment, à rien. Rien du tout. Résultat : néant. La nouvelle, en tant que telle, TERMINAIT pour moi une certaine époque, où je n'étais pas encore complètement autonome face à mes influences. Mais avec ce roman, je m'étais embourbé dans ce qui plombe selon moi bien des textes appartenant aux genres « SF » ou « polar »,

surtout en France, et pour répondre à deux autres de vos questions à la fois au passage, je me suis pris le mur du « naturalisme descriptif », « prêt-à-tourner », pré-scénarisé, en pleine poire. *Là où tombent les anges* était une sorte de « tribute », pas vraiment un « hommage » avec ce que le mot revêt de pompe dans notre langue, mais en suivant le sens anglo-saxon, cela consistait à essayer de « rendre tribut » aux auteurs clés dont je savais que l'influence était ACTIVE dans mon travail. Et en tant que tel, bien sûr, cela reprenait toute la mythologie propre aux deux genres, jusqu'aux « Pulps » originaux de la fin des années vingt. Mais cela n'était aucunement une voie à suivre dans l'avenir, et surtout pas sous la forme d'un roman.
Lorsque je me suis rendu compte de mon erreur, je n'avais pas loin de six cents pages, inutilisables, j'ai tout jeté, et après deux mois de réflexion je suis reparti sur les bases que j'avais jetées avec *Les Racines du mal*. C'est devenu *Babylon Babies*.

Vos textes sont tous très cinématiques. Quel rapport entretenez-vous avec la translation vers l'image de vos fictions en gestation ?

Un rapport très compliqué. Lorsque j'écrivais mes trois premiers romans j'avais parfaitement conscience de leur classicisme narratif, surtout *La Sirène rouge*, en fait dans les deux suivants j'ai essayé de subvertir cette narration par des dispositifs « mutants » qui ne faisaient qu'une ou deux « apparitions » dans l'histoire d'Alice Kristensen et de Hugo Toorop[1]. Il serait vain, en tout cas, de nier que je me situais encore dans la ligne d'un certain « naturalisme ». Mais je dois ajouter aussitôt que ce « naturalisme » n'est pas le même que celui de Zola ou de Maupassant, puisque précisément il a été modifié via son adaptation, durant le XXe siècle, par la littérature américaine et, conséquemment, par le cinéma lui-même.
Dans les premiers chapitres de *Babylon Babies*, par exemple, j'avais tout à fait conscience de synthétiser une sorte de Sergio Leone futuriste, et centrasiatique. Dans *La Sirène rouge*, plusieurs road-

1. Les deux héros de *La Sirène rouge*.

movies, dont certains films de Wenders, restaient constamment suspendus à un coin de ma mémoire. Pour *Les Racines du mal* ce fut plus complexe, je commençais à jouer avec d'autres dispositifs, cela tenait plus du documentaire, en fait.
Ensuite, après la traversée du *Théâtre des opérations*[1], ou plutôt pendant, de nouvelles formes et approches de la narration se sont mises en place. J'ai commencé à les tester avec *Villa vortex*. L'aspect « cinématique » y est aussi présent, sinon plus, sauf qu'il fait désormais partie intégrante d'une machine littéraire plus vaste, et plus complexe.

Vous écrivez actuellement quelques articles épars, en copyleft, sur Internet. Tous sont des essais critiques, jamais des textes fictionnels. Pourquoi avoir abandonné la forme de la nouvelle ?

Je ne sais pas pourquoi. Je crois que ce sont les formes qui vous abandonnent, et cela leur est sans doute nécessaire, éventuellement pour une refonte future. Aussi rien n'empêche qu'un jour elles reviennent vous visiter.

Flaubert disait que le roman est « un travail de prolétaire ». Vous semblez travailler, également, comme un ouvrier sur chacun de vos romans, construisant petit à petit un univers, un tissu de références, un réseau d'idées qui s'agencent lentement...

Oui, je suis un maçon amateur qui essaie d'édifier une cathédrale.

Propos recueillis par Jérôme SCHMIDT, juin 2003.

1. Journal métaphysique et critique tenu quotidiennement par l'auteur depuis 2000, et édité en deux tomes aux éditions Gallimard.

POSTFACE

Chaque livre est, si je puis dire, porteur de son histoire.

C'est en préparant un volumineux entretien avec le père de *La Sirène rouge, Les Racines du mal* et *Babylon Babies*... qui s'apprêtait, mais je ne le savais pas encore, à publier le premier volet de son excellent journal *métaphysique et polémique*, que je réalisai qu'il avait publié ici et là, probablement sans s'en rendre compte lui-même, l'équivalent d'un volume. Une quinzaine de textes, en cumulant fiction et non-fiction, éparpillés dans les supports les plus prestigieux – *Le Monde, La NRF, Le Magazine littéraire, Les Temps modernes* –, une paire de collectifs lorgnant du côté du Noir – une anthologie, une revue –, jusque dans l'improbable et néanmoins indispensable *Drunk* n° 6 ! Ainsi, évidemment, que sur les sites Internet les plus variés.

Une novella, trois nouvelles, des essais. Il y avait donc de quoi faire ! De quoi lire... et de quoi compiler effectivement un bon petit recueil.

Lors de notre première rencontre physique, à l'occasion de la mise en boîte de la première partie de l'interview évoquée ci-dessus [1], je lui posai la question on ne peut plus directement : avait-il songé, maintenant qu'on lui octroyait

1. Publiée dans *Temps noir*, n° 5, Éd. Joseph K, juin 2001, et reprise dans *Périphériques* dans une version augmentée.

le statut d'écrivain tout court, et non plus celui d'écrivain de polar, *Le Théâtre des opérations* venant de paraître, à rassembler ses textes épars ?

La réponse fut tout aussi directe : non ! Et de plus, à l'en croire, non seulement il n'avait jamais réalisé avoir de quoi faire un livre, mais de plus il ne conservait rien en archives et ne pouvait pas m'aider en ce qui concernait la mise à jour de sa bibliographie, pourtant établie en vue de figurer à la suite de l'entretien...

Apparemment, Maurice Dantec n'était pas le genre de type à ranger, classer et conserver.

À la question suivante, il fut tout aussi clair, net et précis : non, il n'avait rien contre le fait qu'une compilation de ses meilleurs textes courts paraisse quelque part et il ne voyait pas d'inconvénient à ce que je m'y colle ! Charge à moi de m'occuper de la chose jusqu'au bout, y compris de trouver un éditeur pour ce livre virtuel né dans un coin de ma cervelle malade.

Partant du principe que Gallimard, la maison qui le publiait, ne serait pas intéressé, personne au sein de la vénérable maison ne lui ayant tendu de perche en ce sens, je me mis à la recherche d'un éditeur, tout en complétant la bibliographie que je soumis à l'intéressé, lequel me répondit que j'avais dû tout recenser. Et pour cause puisque j'avais même retrouvé le fanzine de son lycée, dans lequel il avait fait ses premiers pas d'écrivain et... de dessinateur de BD ! Ce, grâce aux archives d'un Jean-Bernard Pouy efficace en diable qui avait été pion et animateur socioculturel dans le lycée de Maurice Dantec avant de devenir l'auteur de romans noirs que l'on connaît. Comme quoi le hasard n'existe pas. Comme quoi, tout est dans tout et inversement !

Après un premier contact avec un éditeur semblant considérer Maurice Dantec uniquement comme une icône médiatique à exploiter et son livre comme un produit potentiellement rentable, à publier comme un « coup » éditorial, j'apportai finalement le projet à Jacques Chambon, alors en poste chez Flammarion avec sa collection « Imagine ».

J'avais rencontré Jacques peu de temps avant pour, là également, réaliser un entretien, destiné à la revue de SF *Bifrost*. À cette occasion, Jacques m'avait fait part de ses regrets de directeur de collection. Parmi eux, figurait en bonne place le fait qu'il ait « loupé » Dantec à ses débuts, alors qu'il officiait encore chez Denoël, à la tête de la mythique collection « Présence du futur ». Écrivain débutant et encore inédit, Maurice Dantec lui avait, il est vrai, présenté son premier roman, intitulé, je crois, *Backstage*. Un roman que Jacques avait trouvé intéressant mais inabouti, et qu'il lui avait suggéré de retravailler. Mais c'était compter sans l'écriture puis la publication de *La Sirène rouge* dans la « Série noire » avec le succès que l'on sait. *Backstage* fut rangé dans un tiroir duquel il ne ressortit jamais...

Du coup, il sembla manifestement à Jacques que ce recueil lui permettrait de recoller les morceaux et de publier un écrivain devenu depuis de tout premier plan. Il me donna un « oui » de principe, me fit rédiger un contrat avant même que de lire les textes retenus, et il fut décidé que ledit recueil, entre-temps intitulé *Périphériques,* sortirait au printemps 2003, hors-collection.

Il me laissa travailler sereinement, dans les meilleures conditions possibles.

Finalement, ce qui fut dit fut fait. Le livre parut début mars, en même temps que *Villa vortex,* son nouveau roman chez Gallimard.

Jacques était content de ce livre.

Maurice Dantec également. Moi itou.

D'autant que Jacques me fit savoir lors de notre ultime discussion téléphonique – durant laquelle nous parlâmes également de notre projet suivant, une anthologie de nouvelles en hommage à Lewis Carroll et sa délicieuse Alice – qu'il venait d'être réimprimé, quelques semaines après sa sortie. Nous pensions que c'était plutôt bon signe.

Ce que nous ne pouvions savoir, c'est que deux jours après cette conversation seulement, Jacques allait nous quitter d'un arrêt cardiaque inattendu, alors qu'il débordait d'enthousiasme et de projets.

Me revinrent alors avec un sentiment d'étrangeté ses derniers mots, lors de l'interview que j'avais réalisée de lui et publiée dans *Bifrost*[1] : « J'ose à peine parler de projets. J'espère seulement pouvoir profiter de manière positive et variée du temps qu'il me reste, et que j'espère encore conséquent. Parce que ces dernières années, j'ai vu des choses qui m'ont troublé, qui m'ont fait remettre beaucoup de choses en perspective, des amis ou des connaissances qui ont pris leur retraite et sont morts peu après. Des amis de mon âge, ou à peu près, qui ont connu de graves problèmes de santé. Ça me semble être une injustice terrible que de bosser toute sa vie pour avoir un an ou deux de vacances. » Et Jacques d'ajouter à la question suivante, qui concluait l'entretien, à propos de la retraite : « Je n'aime pas ce mot, il a des connotations qui me déplaisent, je ne l'emploie que contraint et forcé. Avec les amis qui sont dans le même cas que moi, on a décidé de ne plus l'utiliser, on dit toujours, dès que l'on fait des projets, “quand on sera libres”... »

Aujourd'hui encore, ces mots sonnent bizarrement à mon oreille.

Passé de l'autre côté du miroir, il a peut-être rejoint Alice.

Quoi qu'il en soit, s'il a pu savourer le plaisir de voir publiées les intégrales des nouvelles de Philip K. Dick et de Richard Matheson qu'il avait coordonnées, il n'a pu voir que la première moitié de celle de Robert Silverberg qui lui tenait tant à cœur. Quant à celles de Theodore Sturgeon et de James G. Ballard, qu'il projetait, lui qui ne s'enthou-

1. N° 26, avril 2002.

siasmait plus que pour ces gros chantiers qu'il qualifiait, si ma mémoire est bonne, de « travaux de consolidation », je crains fort que de là où il est aujourd'hui, il ait un peu de mal à les boucler.

Jacques, le présent recueil en « Librio », extrait de notre Périphériques, *est pour toi !*

Richard COMBALLOT

Table des matières

Librio

613

Composition PCA à Rezé
Achevé d'imprimer en Allemagne (Pössneck) par GGP
en octobre 2003 pour le compte de E.J.L.
84, rue de Grenelle, 75007 Paris
Dépôt légal octobre 2003

Diffusion France et étranger : Flammarion